本行・2

劇作集成

目錄

編輯室報告

二〇二二年適逢姚一葦老師百年冥誕，《本行》第二期也配合相關活動，內容主要包含了兩個部分：第一部分為姚一葦紀念專欄，內容包含：二〇二二年北藝大戲劇系春季學期製作《申生》導演宋厚寬與劇評人林乃文的對談、《申生》導演本摘錄及演出劇照，第二部分則是第二屆姚一葦劇本獎的得獎作品、決審紀錄與決審評審對於作品的觀察評論。

在宋厚寬與林乃文的對談中，宋厚寬談及對於《申生》文本的詮釋與具體的導演手法，內容主要包含聽覺的營造，如：歌隊的處理、台詞改寫與官話的選擇，此外，也解釋了文本改編的戲劇性邏輯。而在視覺呈現上，則提到如何透過身體塑造場景、服裝設定的來源，及服裝與演員身體之間的關係。接著，談到《申生》中的悲劇層面及當代觀眾的感性方式，最後，則是提及戲曲與現代戲劇之間形式與內容的關係。除了訪談之外，宋厚寬也從導演本中節選片段及相關劇照，與訪談內容相對應，使讀者在閱讀訪談時，能更具體理解導演理念與文本詮釋，並透過視覺資料理解實際演出。

本期第二部分則進入到第二屆姚一葦劇本獎的得獎作品、決審紀錄與觀察評論。此次劇本獎由姚一葦基金會與北藝大戲劇系主辦，《本行》編輯委員會企劃執行，經過初審、複審及決審過程，結果如下：首獎為鄒景峰的〈極樂〉，優等獎分別為劉勇辰的〈奧斯維辛之後〉以及李子瑄的〈歸年〉。從決審評審紀錄可知，此次劇本獎的參賽作品在形式與內容上皆具多樣性，主題從自我內在凝視到國際性的議題，展現出當代創作者的多元視野。

首獎作者鄒景峰來自澳門，劇本〈極樂〉書寫深圳三和人才市場當中的臨時工處境，對於底層人物的生命狀態描寫入微，劇本最後結束在疫情來襲，也映照出疫情對於中國經濟，乃至個體生命的影響，作品深具當代意義。優等獎得主之一的劉勇辰來自臺灣，作品〈奧斯維辛之後〉以如蛛網的多線形式，寫出潛藏於當代台灣各個角落的陰暗面，劇情涵蓋親子、夫妻、校園、網路交友乃至陌生人之間等各種關係，以隱晦且懸疑的方式描繪出當代社會的惡的圖像。另一位優等獎得主李子瑄來自中國，作品〈歸年〉以獨角戲形式，書寫一名中國女子從十九世紀末期至二十世紀中葉的人生，作者巧妙運用各種聲音、物件乃至場景想像，勾勒時代流變與個體遭遇，對於戰爭以及各種殘酷事件，也展現出了高度內省與歷史意識。

除了收錄得獎作品之外，也收錄了決審的會議記錄以及評審的觀察評論。吳明倫首先指出了劇本獎的劇本之可貴，就在於讀者能讀到劇本進入演出之前，劇作家恣意發揮的版本，但她同時也提醒，劇作者仍須意識到如何在自由創作時維持與讀者的溝通，減少「非受迫性失誤」本身就是一種創作技巧。陳建成則觀察到當代編劇有朝向異質性構劇的傾向，並提出此傾向出現的意義。在此次參賽作品中，他觀察到當代作品中的內向性、概念化、複數語言層次、多重視角與框架解放等構劇特徵，而最後則歸結到此提問：如何與為什麼創造框架，乃至於如何以及為什麼凝視世界。汪俊彥則認為劇場有其具體的社會物質性，創作者須有問題意識，思索如何在議題與形式上挖掘新意。同時他也觀察到近期作品中「私劇場」與「散文化」的傾向，期許創作者能創新劇場美學，與觀眾聯繫交流。最後，他指出吸引人的作品能夠質疑既有框架，拓者觀眾對世界的認識，並希望容納多世界生成的構劇取徑能成為「劇場台灣」的基礎。

《本行》創刊時即期許成為當代劇本發表與交流的平台，而本期內容規劃從《申生》的當代導演詮釋、三齣得獎的新劇本，以及針對當代劇本的觀察評論，都是在此方向上。未來《本行》仍將持續拓展刊物內容的廣度與深度，以期豐富當代劇本的出版生態。

⊛姚一葦紀念專欄

《申生》演後對談：林乃文×宋厚寬

◆時間：二〇二二年5月6日（五）晚間
◆地點：《本行》期刊室
◆文字整理：王思蘋、陳樂菱

林乃文

編劇、劇評人、戲劇顧問。現任財團法人國家文化藝術基金會表演藝術評論臺駐站評論人、國立臺北藝術大學戲劇系博士後研究員。研究領域為前衛劇場美學。曾獲財團法人國家文化藝術基金會2010年度藝評臺首獎。著有《跨界劇場．人》、《表演藝術達人祕笈》等，譯有《羅伯．勒帕吉創作之翼》。

宋厚寬

國立臺北藝術大學劇場藝術創作研究所碩士、戲劇學士、臺北海鷗劇場團長。編導作品跨足現代劇場與傳統戲曲：歌仔戲、京劇、布袋戲皆有其創作身影，三度獲臺新藝術獎提名，多項作品入圍傳藝金曲獎。近年作品：《申生》、《海鷗之女演員深情對決》、《女子安麗》、《化作北風》、《GG冒險野郎》、《英雄再見》。

選擇《申生》的契機

林乃文（以下簡稱林）：你對《申生》劇本的第一印象是什麼？接了北藝大戲劇系學期製作後重看有什麼不一樣的感覺？

宋厚寬（以下簡稱宋）：學生時代就看過《申生》了。《姚一葦戲劇六種》是我校大學生必讀之作，包括《碾玉觀音》、《一口箱子》、《孫飛虎搶親》等。其實我最喜歡《孫飛虎搶親》，但因為有些原因以致無法在這次學製呈現。

為什麼選擇《申生》？首先，我認為姚老師的作品都有東方內容加西方形式的嘗試，我認為他一輩子都在嘗試這件事。但這件事在多年後，仍然像當年那麼有力量？或是有意思？這是可以再討論的。姚老師是學校創建人，是一位有深遠影響的老師，但就劇作而言，坦白說，剛接下學製任務時我是不安的，因為我認為老師劇作有年代感，這使我擔心現在觀眾是否會喜歡。我很直覺是以觀眾會不會買單來思考，會覺得嗯⋯⋯好啦，來試試看。

不過《申生》故事本身，我認為有很強的戲劇行動。老師的戲我認為大部分的戲劇行動都沒有很強，像《碾玉觀音》對我而言有點卡的地方是結尾，十分反高潮，這讓我感到很ㄘㄟˋ心——男女主角崔寧和秀秀為什麼不相認呢？老師有他的人生哲學因而寫出這個劇本，但以讀故事的讀者來說，會想要讓他們在一起。《一口箱子》對我而言又有點像 Gogo 與 Didi（《等待果陀》），太像了！《申生》就戲劇性而言非常強烈，幾位角色的形象，也沒有太像一些我們看過的西方文本。最後，是關於希臘悲劇的形式，詩的形式。這是我進戲劇系以來就一直想嘗試的。高中時期，我是詩社、詩歌朗誦隊，當時得到很棒的成績。後來我發現希臘悲劇有歌隊，就想：這不是我高中在做的事嗎？詩社在語言、訓練養成方面，對我而言是某種表演的源頭。《申生》提供了嘗試詩歌誦體的機會，所以我就決定做《申生》。

林：詩社朗誦有什麼特徵？你後來發現，它和希臘悲劇的誦詩有什麼關聯？

宋：坦白說我不清楚以前希臘人如何表演，沒人知道，只能靠想像。

林：沒人知道，大家都是想像。

宋：在當時詩歌朗誦團體比賽，和這次《申生》表演，有用類似方法。例如疊誦，像卡農那樣。分成男女聲音、高音與低音部，像合唱團的概念。我安排歌隊按照詩的情感、情緒，做聲部、臺詞的分配，或某種角色分配。簡單說，是去玩聲音與語言的遊戲，像在實驗「聲音」這件事。不過，這次《申生》就實驗性而言，我認為還是偏低的，因為文字還是需要被清楚地表達出來。

林：聲音實驗的保守性，是指文字結構裡面的意思還是需要被聽到？

宋：對，這其實是詩歌朗誦比賽中很重要的事。另外，語言本身的情緒也很重要。以前的朗誦訓練，會有聲音情緒的講究。以前的老師，有教我一些戲曲讀白、文白的讀音，那時我也才意識到原來有這些事情的存在，可能，也有些文白讀音在詩歌裡頭，美化了華語的發音。

林：你在詩歌朗誦上有受到戲曲文白讀音的影響？

宋：有耶。有些字，那時我很奇怪為什麼會發那個音。我自己的創作，很多東西都是在我小時候，就對某些事情有印象、想法的，不過直到現在，才有機會挖掘出來實行。

（請參見導演本片段一）

《申生》導演本摘錄

文本整理：宋厚寬
劇照攝影：林育全

◎片段一

（眾人躺地，四貴族於舞台中央高跪姿。）

（黑衣老婦左舞台花道上場，對貴族們行儀式，搖鈴。）

（眾人以喪屍聲說台詞。）

眾人：勝利！偉大的勝利！歡迎世子申生還朝！吾王萬歲！

眾人：勝利！偉大的勝利！歡迎世子申生還朝！（眾雙手慢起，向上抓）吾王萬歲！

眾人：勝利！偉大的勝利！歡迎世子申生還朝！吾王萬歲！

宮女甲：我們又勝利ㄌ！

宮女們：我們又勝利ㄌ！

宮女甲：這次是滅了東山！

宮女們：就像滅了我們驪戎一樣！

宮女甲：是的，就像滅了我們驪戎一樣！

聽覺的音樂性設計

林：顯然這齣戲的聽覺是導演的重點，那麼有兩個問題想追問導演：一是你如何設計歌隊以及他們的音樂性？二是你自己過去曾有導演戲曲的經驗，對於東方與西方的戲劇音樂性，你如何看待其中的差異？先聊一下聲音的部分：你怎麼想歌隊？

宋：我先以導演角度，來想整個劇本的聲音。《申生》劇本中關於聲音的舞臺指示，像是「歡呼聲起」，以文字而言，就結束了。但是，誰知道兩千多年前春秋晉國人如何歡呼？加上劇中各式各樣的歡呼聲不斷重覆，這對我而言十分麻煩。這些不斷的歡呼聲，使我必須詳細想像這些聲音，在宮中的狀況。他們到底在做些什麼事呢？因此，才促成第一段歌舞的出現——（請參見導演本片段二）

◎片段二

（坐墊上的宮人們擊鼓於舞台中央。）

宮人們：偉大的勝利。

（舞台花園的宮人回位拿鼓擊鼓。）

宮人們：歡迎世子申生還朝！！

宮人們：吾王萬歲。

宮人們：遠征戰，滅東山，金銀財寶車滿滿。晉王威，震小藩，申生威武永流傳。

（歌隊跳征戰舞第一段落。）

（驪姬奚齊由右上舞台上平台，至平台中央。）

驪姬：你聽，你聽！

（歡呼聲又起。）

（歌隊持續無聲舞蹈。）

奚齊：聽什麼？

驪姬：你聽這聲音，多美的聲音！

如果將歡呼聲具象化，那就是一段完整的舞蹈表演。最後一幕是歡呼聲的相反，是軍隊要攻入的聲音，但我不能老是要大家「殺呀！殺呀！」要換不同形式，因此將最後軍隊聲音，轉化為低鳴聲。低鳴聲來自發聲練習中很常做的訓練，整段劇情中，低鳴聲要持續不間斷。這是對文本的重新翻譯與想像：在文本描述的情況中，什麼樣的聲音，在劇場中有效果？在最後一幕，有低鳴聲、女子哭泣聲、尖叫聲，會使最後一幕的氣氛凝結且讓人感到緊張，這是我意圖達到的目標。

（請參見導演本片段三）

◎片段三

少姬：我告訴你我沒有什麼可以畏懼的，你還有什麼，你死了丈夫，你沒有了兒子。你沒有了親信，你什麼也沒有！你和我一樣。不，不，你不和我一樣，你有罪孽，你有一身的罪孽！

驪姬：（打了少姬一個耳光）你再說，你好大的膽子。

少姬：（也打了驪姬一個耳光）我照樣還你。

驪姬：來人啊！（大叫）來人啊！來人啊！

少姬：（又打驪姬一個耳光）沒有人聽你的，這兒沒有人聽你的。

驪姬：該死的賤東西。（撲向少姬）

少姬：你才是！（撲向驪姬）

（驪姬和少姬展開了一場扭打，他們在地上翻滾。驪姬掐著少姬林：所以你不僅處理文本底下的聲音，還把聲音給視覺、場面化。對你而言，聽覺與視覺哪一項佔優先考慮的位置？

宋：這次我主要工作聽覺。坦白說我許久未做舞臺劇，這陣子都做戲曲跨界，這次算重回現代戲劇。我認為聲音很重要，劇本中關於聲音的舞臺指示，我希望它變成有趣的音場效果，會用各式方式去嘗試，因此這次我滿花心力，去工作歌隊可以塑造的聲音質地。

林：你是先排沒歌隊的對話部分，還是先排歌隊的部分？

宋：先排有歌隊的部分，都是用隊形。我一開始將圖畫出來，先是對大隊形的思考，再請動作設計李青青（李羿璇老師）細雕變化與演員身體的質感。四幕的歌隊，我是按照劇情的脈動去感受。歌隊就是宮人們，宮人們在當下可能是什麼樣的情境，這個情境，包含了我對整個劇本大情境的設計——我覺得它是一個陵墓，這齣戲其實是發生在一個巨大陵墓中。Sammy（王世信）老師的設計，也以陵墓概念製作。因為這些牽拉帶伴的關係，讓歌隊成為現在模樣、現在這樣的表演。**（請參見導演本片段四）**

的脖子，要致她於死地。宮人們紛紛一個接一個，將雙手壓在驪少二姬與彼此的肩膀、脖子上，形成一個蛛網。少姬不動。驪姬不敢相信自己做了什麼，大哭。宮人們的手也鬆開，蛛網解開了。少姬突然回過神，嚇得推開姊姊。他們坐在地上喘息。）

◎片段四

黑衣老婦：她又夢見了，那個白色的斜坡，她努力地向斜坡上爬，她爬上又摔倒，摔倒又爬起，反覆不斷的掙扎，使她氣喘、流汗、驚慌。不知受到誰的脅迫。她不斷回頭，每當她回頭，她便看到了他。

（中上舞台，申生盔甲在平台中

央登場，矛剁地，眾人回頭看。）

黑衣老婦：那是一名武士，武士身穿盔甲，手拿長矛，遠遠地逼近她（舉矛剁地），逼近（盔甲往下走），逼近（盔甲往下走）。她看不清那武士的臉，不，那武士沒有臉。最後她發出一聲呼號。（盔甲長矛刺驪姬）

林：後半場從申生的自殺開場，然後奚齊和卓子相繼被殺，最後驪姬和少姬迎向死亡，死亡的氣氛籠罩全場，所以走進陵墓的意象，是從後半場開始，還是整體都是？

宋：全部都是。舞臺是好幾組高大的翼幕，那是一個開挖中、土堆陵墓的概念。我認為這齣戲的死亡氣息很濃，而且角色生活在一個封閉的環境。劇本的封閉與窒息感、無路可出的狀態十分感染我。從這件事延伸：這是一個封閉陵墓，角色可能都是屍體，被黑衣老婦的鈴聲召喚而醒來。黑衣老婦也許是位守墓人，可能在地宮中生活了千百年。這是我對於這

齣戲的想像，並以此勾勒本劇的大框架。

林：守墓人似乎是導演的一個延伸想像？

宋：在原著裡，她是驪姬少姬的奶媽。老師原本就賦予她強烈的宗教與神祕性，神祕性的部分近似希臘悲劇中的預知者。我想透過這樣的設計，加強她預知者的身分、預言命運的狀態，因此我將部分歌隊臺詞交給她，也在一些原本沒有她的場景中讓她出場。

林：你甚至修改了她的臺詞，雖然大意相同，但你給了她原本的臺詞中沒有的整齊句型和押韻。

宋：例如「水神火神木神土神，過往神靈請聽請聽」變成「三界四方靈，水火土木金」。原本臺詞對我而言不夠神祕，太白了。在看中國歷史劇、清宮劇時，臺詞都文謅謅的，現今的歷史影劇，試圖模擬對古代的想像。我認為姚老師在寫劇本時，並沒有處理這種模擬，因此作為歷史劇演出時，有些臺詞太「現代」，而黑衣老婦臺詞過度白話大大降低了她的神祕性。因此我修改了臺詞。而且「官話」也讓黑衣老婦的神祕感大幅提升。

林：這裡的官話是指？

宋：是亂彈戲、北管戲使用的語言。我選擇使用官話，一方面是官話並不是日常語言，而是一種戲曲語言，甚至這類型的戲曲在臺灣已經愈來愈少人觀賞，所以有很強的神祕感。也因為劇中提到驪戎與晉國——驪戎被晉國滅國，而驪姬與少姬為驪戎人。驪戎使用的語言為何？

兩千多年前的語言已無從考據，我想要突顯驪戎與晉國的文化差異，因此設定官話為驪戎語言、華語為晉國語言。因此劇中的黑衣老婦使用官話，驪姬、少姬在私底下偶爾使用官話。

文本改編的歷程

林：「三界四方靈，水火土木金」這段臺詞是你寫的？

宋：是我寫的，類似咒語，或謎語。我還滿愛改編經典劇本的，我自己的劇團過去也做經典劇本的改編，這變成我的一種創作習慣與路數。

林：你的改編重點是什麼？

宋：剛開始只有單純轉譯。大學時期，老師十分講究尊重文本，因此學生們都盡量不做修改。到研究所時期，發現老師不太干涉這一塊，我有幾乎整本重改的經驗。不過重改的原則與目的，是為了讓觀眾能聽明白我們在說什麼。也許修改的詞些微偏離原意，但會讓觀眾更清楚知道情境、角色以及故事。到我自己劇團做戲時，會做時代轉譯，這也是許多人在做的，像希臘悲劇的臺灣在地化，或像是莎士比亞的《科利奧蘭納》：依舊是羅馬人，但會使用手機。我的目的，是要拉近與觀眾的距離。在《申生》中一些調動，目的是為加強戲劇性。其一是

◎片段五

奚齊：我知道他是個好人。

驪姬：你知道什麼？

奚齊：他待我很好。

驪姬：是不是因為他送給你一匹馬？來人！

宮人們：在。

驪姬：把那匹馬牽來。

（宮人1遞劍。）

奚齊：媽，你要做什麼？

（三位宮人持馬偶，左舞台上場。）

奚齊：（擋在母親與馬前）媽，不行，你不要宰我的棗紅馬。

驪姬：媽會送你更好的馬。

奚齊：我不要，我不要，我要這匹。（衝向驪姬前跪下）

驪姬：那你就聽媽的話。（過奚齊，走向棗紅馬，宮人1抓住奚齊）

奚齊：我聽話。

少姬暗戀申生，其二則是把棗紅馬殺死。我認為讓棗紅馬被殺死，會使母子衝突以及象徵性更強烈。**（請參見導演本片段五）**

驪姬：不要再嚷什麼申生哥哥、申生什麼的。
奚齊：我不說申生哥哥了。
驪姬：申生哥哥做了壞事，他的東西不能留。
（驪姬揮劍斬馬，馬倒地死去，宮人2踏地發出倒地聲，奚齊尖叫大哭。）
驪　姬：帶世子下去。
宮人1：是。

林：為什麼你要讓少姬暗戀申生？

宋：我認為少姬很難詮釋，姚老師沒有給予足夠的篇幅讓我們更接近她。前三場她的任務，就是回應姊姊的話，等於僅是讓驪姬有個對話出口。直到第四幕少姬大反轉，我們才發現她不如表面天真善良，也看出她有內心流動。但除了對兒子的關愛、對姊姊的懼怕外，還有什麼內心流動，能顯示她與姊姊的不同？就是申生。若少姬戀慕申生，驪姬謀害申生這件事，她都會站在申生一方的。以此加強這對姊妹的立場衝突。我這是以編劇角度進行的思考。而且少姬在病況初癒時曾說：「申生這兩日是否要來了？」、「他穿的軍裝很好看」，這讓我們可以有很多想像。**（請參見導演本片段六）**

林：你多少已經加入了自己的編劇工作。

宋：也因為少姬喜歡申生，而在第三幕，驪姬向少姬訴說她作了一個關於申生的夢，此時申生已死，但她並未因此得到安寧，反而做了更多怪夢。這場戲在本次版本中的畫面是：少姬去拜別申生，驪姬在下舞臺，兩位角色位於分開的空間對話。而原著應是面對面的、較為寫實的情境。**（請參見導演本片段七）**

◎片段六

（申生盔甲自左右舞台出場，在少姬左手邊組合。）

（盔甲以右手輕撫少姬臉龐，少姬撲向申生盔甲懷中。）

少姬：莫不是這中間全都捕風捉影？

　　莫不是這中間還有兩分真情？

　　人難道永遠不能安於本份？

　　這世界難道永遠不能太平？

　　這件事我真的無法相信，

　　但有時又卻叫我不能不信它幾分。

　　因為我見過多少死亡，

　　多少流血，

　　多少痛苦，多少呻吟。

　　申生啊申生！

（盔甲解散，到少姬右手邊組合。少姬再抱。）

少姬：不管這流言是真是假，

我惟有禱告上蒼保祐你脫
離這場噩運，我惟有禱告
上蒼保祐你福壽康寧。

◎片段七

（少姬出現在申生喪禮空間，
驪姬在後宮空間，還拿著那把
殺馬的劍。兩人在不同的空間
對話著。）

少姬：您夢見什麼？

驪姬：我夢見申生。

少姬：申生？

驪姬：是的。我夢見他穿著全
身甲冑，拿著長矛，在
後面追逐我。
我就逃，逃，逃，逃，
逃在一個斜坡上，我拼
命爬，爬不上，滾了下
來，他用長矛指著我。

林：「少姬去拜別申生」在你的設定中是少姬的想像、還是真正發生的事件？

宋：有可能發生。我自己的詮釋是，少姬與申生的關係有八成是想像。

林：因為事實上不太容易吧？

宋：對。因為申生不在宮中，少姬也無法至宮外。

林：我覺得在你調度下，突出了少姬的天真純粹的性格。她的出場、唱歌的表演，至少在看劇本時，我沒有感覺到。

就在這個時候，我驚醒了，嚇出了一身的冷汗。

少姬：這真是一個奇怪的夢！

驪姬：他是這樣追逐著我，逼迫著我。他，他。像我的影子一樣。

少姬：可是他已死了，申生死了！

驪姬：是的，他死了，他們是這樣說的。可是昨晚我又做了一個夢。

驪姬：那時候我站在陽臺上，就是我屋子裏的那座陽臺，忽然我抬起頭來，在那遠遠的地方我看見一個人站在樹頂上，或許不是樹頂，我記不起來了。那人穿的是那一身的甲冑，很像申生。於是我想看看清楚，便一步步移向前，倚著欄杆，我仔細的一看，果然是申生。他舉起手來，而且對我一笑，他只宋：唱歌是有的，老師有安排她的歌詞「花兒在樹枝上笑」。

林：我讀這段詞的時候感覺有點像兒歌，但你將它變得合理了。當她帶著這樣的氣質出現時，它便不是一個幼稚的兒歌，而擁有一種出塵的美感。

宋：我認為這是演員質地，要歸功於演員的詮釋。這兩位女子以世俗眼光來說應該也是滿美的，寵姬耶！（林：你是說外表還內心？）都要啊，當寵姬不容易耶，很辛苦的。

林：是指服侍人這件事嗎？

宋：這有和演員聊過。在前面一段驪姬說她因為夢見申生刺她而嚇醒了，大王也因此醒過來，他問她：怕什麼？驪姬就開始想要影響大王——申生可能會想

是舉起手來，就像這樣，
好像是對我招呼。
（尖叫，將劍丟在地上）這
一驚，使我從陽臺上摔了
下來，醒了。

篡位喔。但這情形在哪發生？在床上。這其實是夫妻間的床笫私語，十分私密、挑逗，甚至是浪漫。如果純粹看政治性，她就是個該死的壞女人，但它發生在一個很性感的時刻。我讓歌隊像幕後配音般念臺詞，為驪姬配音。我要求在配驪姬時，必要十分嫵媚，甚至到過分的程度也沒關係。配男性的聲音一定要低沉、好聽，要有一種氣魄。展現出私密情境，對我而言十分重要。**（請參見導演本片段八）**

林：你沒有正面剛地讓她成為一個「背後說別人壞話」的壞女人形象，而轉變成床笫間的柔媚對話。

宋：事實上她還是在說壞話啦！我認為在跟演員工作時，必須提醒他們，除了顯而易見地說壞話之外，背後的細節仍要有所想像。這是導演的工作：抓住細節有趣之處。

林：原本標示為「宮女們」的歌隊，也是你根據聲音的需要，所以轉變成男女混合的宮人們嗎？

宋：對。還因為歌隊需要兼演其餘小角色的考量下，必須要有男性。例如：殺手是由歌隊演繹，或世子太傅杜原款，原本沒有出現，但我認為他應該出現。男性的加入，會讓戲更加活用。

◎片段八

驪姬：咱們坐下來。

（兩宮人放上坐墊右舞台三分之一處。）

（驪姬向優施要玩偶，進行兩人的狗狗遊戲。）

驪姬：這兩天我心緒不寧，晚上老做惡夢。

優施：噢？

驪姬：常常夢中驚醒。

優施：您夢見什麼？

驪姬：昨兒晚上就做了這樣一個怪夢，我夢見我走在一條光滑的斜坡上，申生拿著一條長矛在後面趕來，於是我就跑，拼命地跑，可是斜坡很滑，爬不上去，於是我爬起又跌倒跌倒又爬起，後來——

優施：後來怎麼樣？

驪姬：後來申生趕上了我，他拿

長矛指者我，我就給嚇得哭了出來，這樣就醒了，還驚醒了大王。

優施：大王有沒有問起？

驪姬：大王當然問起，我就把我做的夢告訴他，不過我說得更加可怕些。不，我那時真的害怕，我怕得發抖。

優施：大王怎麼說？（以下段落驪姬做對嘴表演，部分台詞由歌隊說）

驪姬：大王問我（全男性宮人說）怕什麼？我只是哭。大王說（男宮人1）沒什麼好怕的，他說（男宮人2）申生是一個仁慈的人，（男宮人3）他將來不會對你怎麼樣的。我說：（女宮人1）不錯，申生是對老百姓仁慈，（女宮人2）為了對老百姓仁慈，（女宮人3）他就必

身體塑造場景

林：關於視覺你如何設計，文本中有什麼令你印象深刻的象徵，被你化為劇場上的視覺符號？

宋：此次較多是運用歌隊身體塑造場景，這同時是我這幾年嘗試的風格，像是戲曲中的景隨人移，說了什麼就會變出什麼，這是我喜歡的，也是掌握戲劇節奏的方法。在《申生》裡，我利用演員塑造場景，演員變化隊形、位置，就彰顯他們到了下一個空間。而特別是「死亡」象徵，包含申生的死亡、奚齊與卓子的死亡，我皆直接放置於舞臺上呈現給觀眾。

林：因為原劇本對亡者的描寫比較隱晦，申生從頭到尾不在場不說，也沒有將屍體直接展示於舞臺上的描寫。

宋：在第三幕歌隊臺詞中，說出：「消息傳來，世子已自縊於新城之廟」，用這句話交代了申生已死，接著，象徵申生自縊的盔甲突然落下，吊在半空中，接著宮女們開始哀唱。我認為導演的工作是要讓觀眾看見死亡本身，因而有了這樣的設計。第四幕時我選擇讓奚齊、卓子的屍體停放在舞臺上，代表驪姬少姬用盡生命要去保護的、最重要的事，最終也已經崩壞。因此一位瘋了，另一位則性格反轉。

會選擇將屍體展現於舞臺，因為過去我有認真上林國源老師的課，

須除掉我！大王問：（男宮人4）為什麼。我說，（女宮人4）因為他認為我是國家的禍害，（女宮人5）他把我看做妹喜和妲己。大王說　（男宮人5）哼！那我豈不是了桀紂。我說（女宮人1）如果夏桀或商紂有一個像申生這樣的能幹的兒子，（女宮人2）還會等到別人來滅亡嗎？（女宮人3）他早就取而代之了。（女宮人4）歷史要改寫了。

優施：大王怎麼說反應？

驪姬：大王沉默了一會，他說：我有意要立奚齊為世子，你看如何？我說（女宮人5）不行，不行，那國人會怎麼說，快別這樣做，他說立誰做世子是他的事，別人管不著，我堅決

老師那時講《七將攻底比斯》，最終就是七將領屍首在舞臺上，我一直對這個敘述有印象。後來看了某一檔《安蒂岡妮》的製作，開場就是《七將攻底比斯》的結尾，一群屍體擺在觀眾面前，家人一個個前來收屍。對我而言，展示屍體有強大的悲劇力量，因此設定奚齊與卓子死後，必須整場躺在上面。

話說回來，此次《申生》演出的開場，便是一排屍體躺著，受到召喚，然後甦醒，整齣戲便是在陵墓演出。

反對，我甚至說（全女宮人）你假如真的如此，我就自殺，（驪倒下優施接住躺在懷裡）我說（女宮人1）你可趕走我，這樣天下就太平了。大王當然安慰了我一陣，我們說了許多的話。最後大王說他會處理這件事，不要我管。（對嘴表演結束）

林：所以對你來說這是一齣亡魂的戲，從頭到尾沒死的、或應該說與觀眾活在同一時空維度的，只有黑衣老婦？（宋：對我而言是。）還有什麼身體或視覺上的象徵被符號化了？

宋：我覺得劇本中比較沒有的意念是優施與女官的性愛。應該說是他們兩人間的「愛」。讀到兩人互動時，我認為女官臺詞蘊含強烈自主性。在所有角色中，她是唯一提到「自由」概念的人，是唯一一位意識到自己不自由了、想要出去的人。

林：但她的合夥人只想繼續玩這個遊戲，直至勝利為止。

宋：優施想玩到贏，少姬不想。

林：你認為她思考過是否可以離開遊戲，但她無法離開。

宋：她沒有辦法離開。女官的自主性，讓我認為她有中性氣質。優施為弄臣，古代弄臣也有寵幸的概念。他被驪姬寵幸，可能也被晉獻公寵幸，因此我認為他也要有中性氣質。因此我設定了優施是男性偏陰柔、女官是女性偏剛毅的組合。回到他倆的愛——後宮壓抑的氛圍，以及臺詞提及兩人曾經擁有一個孩子，都讓我想像性愛，或說身體的疼痛與高潮，是女官與優施暫時逃脫現實的方法。**（請參見導演本片段九）**

◎片段九

女官：我們可以做一個自由人。（幻想）有一間我們自己的屋子，有一個屬於我們自己的天地，那怕是一間破屋子，但是它是屬於我們自己的。我們該怎麼樣就怎麼樣，我們要睡就睡，我們要起就起（雙手掐起優施的脖子，姿態更高），我們可以大聲地笑，大聲地哭，大聲地說話，大聲地吵。我們不必挖空心思去殺人，我們更不必擔心被殺。我們不必像兩隻老鼠一樣躲在這兒，（逐漸到達高潮）我們可以大大方方走在街上，走在田野。（兩人高潮，沈默）我們可以有孩子，你知道？

優施：什麼孩子？
女官：我們的孩子。
優施：什麼我們的孩子？
女官：我殺了他了，我殺了他！
優施：你殺了他？
女官：不，是你殺了他！
優施：我殺了他？
女官：（歇斯底里地）不，不，
　　是我們殺了他。
優施：不要這樣講，不要這樣講！
女官：我恨你！恨你！恨你！

林：服裝真的也很美。

宋：這同時是陳婉麗老師的畢業製作、退休之作。原本驪姬少姬會穿很高的高屐（花魁下駄），穿上後很難走路，很難排戲，也會拉長演出時間。除了相較一般木屐更難以行走外，走法也要走花魁步。穿上後確實好看無比，問題是以戲的流動而言，會產生節奏與詮釋的問題。

林：怎麼說呢？

宋：我是這樣說服婉麗老師的，關於這齣戲的導演風格，當時有兩個路線可以選擇：一是較寫實地處理彼此語言、情感交流狀況；另一種是較為形式化的表現，例如像能劇、戲曲、歌舞伎那樣，去呈現「我是一位權謀女子，我現在要害人了」，彰顯力量與角色形體。原本我想要走形式化的，但與演員排戲後愈走愈寫實，愈來愈在意彼此關係與狀態，也愈來愈在意觀眾能否認同驪姬，隨著她去看整個故事。到後來高屐真的出現時，驪姬就比所有人都高一顆頭，動作又慢，那一刻，她變得有點像神明。如果要穿上高屐，必須讓所有角色都配合高屐步伐去調整，可是我們的風格已經走向寫實了，走了好長一段路，不可能再回頭修正，所以後來就回歸到原則上是赤腳的狀態。

林：你有抽離時空的意圖嗎？或你還是將背景設定在中國，或者某個遠古的民族？

宋：其實有設定背景。因為晉國與驪戎的分野，婉麗老師是有做處理的。

黑衣老婦是驪戎角色，所以她會有一些像原住民的圖騰，而所有驪戎角色腳上都有圖騰。驪姬與少姬的衣服，確實是按照考古方法，找出該如何穿戴、幾層幾件。

林：確實依據春秋戰國的考古資料嗎？

宋：因為婉麗老師和 Sammy 老師聊到現今考古愈來愈發達，又比幾年前發現了更多東西。這次《申生》和三十年前的《申生》在服裝上就有很大不同，而且都是婉麗老師設計的——她的第一齣戲是《申生》，最後一齣戲也是《申生》。因為考古，讓我們愈來愈知道古人怎麼穿著，他們為此，請上海的老師做了一個古代服飾工作坊。戲服在形式上是擬古，但還是有一些戲劇成分在，並不是百分百仿古。曾經有一個想像，在最後一場打架時，我希望驪姬和少姬將晉國妃子的衣服扯下，現出裡面的驪戎服裝，但技術上無法達成，有一點可惜。因為衣服若要好看，一層一層就要綁得死緊。

演出後的回顧

林：演出結束後你感覺如何？滿意嗎？和你想像、或原本設計的有什麼不同？

宋：我覺得比想像中長，也有觀眾反映說：三個小時好久喔。其實在排練場時就發現接近三小時，也看了姚海星老師當年演出影像，她只演了兩小時！而且我還有微刪減，她完全沒有！我就想，怎麼會這樣？後來發現對每個舞臺指示、情境，我都放大並擴增篇幅。但就現階段的我而言，我認為這已經是我目前能做到最好的狀態。在此次製作中，沒有那種「想不到好辦法」或「這不是最好的」，我覺得這是目前可以做到的最好嘗試，也是學生們可以做到的最好表演。

林：我覺得你從聲音與視覺，將文字的意象與象徵擴增開來，讓裡

面的情感被放大，有點像是把文本內的皺摺翻出來撐開來，讓其中的夾縫被暴露。

宋：在節目單中也有說，一開始對於老師的劇本，對我而言有「教育」的意味，多少會感覺與自己有些距離。可是跟《申生》實際工作幾個月後，前面提到的《碾玉觀音》、《一口箱子》也好，也可以用導演思考來重新看待，也許也會打開更多夾縫。

林：我注意到製作人員中有一位丑行指導，主要是用在優施的表演嗎？

宋：謝冠生老師是京劇科班、國光劇團的團員，教優施身形步法。一開始是讓學生與老師念白、讀劇，老師那時的做法比較是教學生可以怎麼演。後期才轉變為身體可以如何更像一位丑角。

林：所以你加上了京劇「丑」的身段，可以這樣說嗎？

宋：一點點，因為後來發現學生真的做不來，這需要身體功。我最早想說優施要不要走矮子功，但很快地就放棄，太難太不切實際。所以我後來從別的地方著手，讓他更有份兒。因為這幾年工作的關係，讓我可以接觸到傳統戲曲中厲害的角色與老師，而這些老師和學校體系是遙遠的，我認為將這些老師稍微拉近北藝大，讓學生感受他們的作業方式與表演，其實是好的。

林：還有沒有其他戲曲成分被引進這個製作？

宋：另一個就是官話。官話老師鄭斐文是歌仔戲演員，也演北管戲，所以才會官話。另外，上學期有開一個工作坊課程，因為我這幾年都做戲曲跨界，所以就講一些經歷與創作經驗。同時，我也找了三位老師，來帶小工作坊。有歌仔戲、京劇的老師。

林：「帶」創作工作坊還是演「講」創作經驗？

宋：有「講」有「實作」。由於我不是學校老師，所以想讓大家了解一下「我是這樣子的導演」，讓同學預先知道接下來會如何工作、如何相處。並不是拿出什麼表演方法來與你們創作，不是的，純粹就是我是怎樣的人，讓你們了解一下，我之前做過哪些戲，讓大家看一下。喜歡的就喜歡，不喜歡的就趕快走。

當代並不崇高的敬畏

林：回到前面的問題。你說姚老師經常在西方戲劇形式裡注入東方的內容，而你現在的導演工作，也常接觸新編京劇，那麼從姚老師的策略，你是否看到什麼限制、或是其他可能？因為姚老師在《美的範疇論》裡，討論中國有沒有悲劇——也許它沒有悲劇，卻有具備悲壯感的藝術。你在詮釋時有沒有想到「悲劇」這個詞？

宋：我的實作經驗，讓我比較不會去觸碰這件事。比較實際的做法是，我們要做齣喜劇，要讓觀眾笑，或要讓觀眾看有趣的事物。喜劇反而比較明確，而不會特別去 mark 悲劇。好像沒有必要吧？依現在觀劇狀態而言，也不會悲到底，還是會悲中帶喜、有各樣情感在流動。像在做《申生》時，我也沒有預料到奚齊和卓子會好笑、會有趣。（林：你說前面的部分？）對，他們在黑暗中，恐怖森林裡探險的時候。那不是我要求的，那是演員們自然就演出這麼有趣的東西。

（請參見導演本片段十）

林：換個方式說，你會想做個戲，是要引起大家的哀憐或恐懼嗎？

宋：還是會啊。我在《申生》前面考慮的是，希望觀眾可以跟著驪姬的心路歷程走，很通俗地，可以感受到驪姬的痛苦、罪惡感，她最後失去孩子的絕望。我認為引起觀眾的情緒感受，還是很重要的，大家來到劇院還是為了這個。

林：那恐懼呢？

宋：現在，我想人對命運的敬畏比較少。換個方式說，可以引發哀憐與恐懼的，已經不只是命運這件事了。最近能引起我敬畏之心的是一個動畫，叫《Rick and Morty》（《瑞克與莫蒂》）。它講多重宇宙或人生，以偽科學、科幻的角度來敘述這個世界觀。它又低俗，但又讓你感到「天哪！我們的人生如南柯一夢」，我覺得很厲害。

林：當代往往從並不是怎麼崇高的人物和事件，甚至有點低俗的著手點，

◎片段十

卓子：你敢不敢？

奚齊：你呢？

卓子：我敢。

奚齊：你不害怕？

卓子：我不怕。

奚齊：我——

卓子：你膽小鬼。（可從手臂下鑽出）

奚齊：誰說我膽小鬼？

卓子：你敢不敢去？

奚齊：你去我也去。

卓子：去！

奚齊：去就去！

卓子：去！

奚齊：去！

（卓子向花園的方向移動一步，奚齊也移動一步。）

卓子：走啊！

奚齊：走啊！（奚齊朝卓子走去，二人往上舞台）

（奚齊、卓子尖叫往右下舞台衝出，蠟燭熄滅。）

奚齊：那會不會是鬼來了？

卓子：是的，我想是的。（靠右舞台）

奚齊：啊！！好可怕！（頭貼卓子手臂上）

去觸動人們內心久違的敬畏感，世界真的不一樣了啊。比方說在希臘悲劇時代，謀殺是不崇高的，所以不應在劇場上展演，然而對現代人來說，觀眾就是要看到衝撞的瞬間，武器插入、血肉爆漿、死狀甚慘……，才夠衝擊性。這種心理衝擊感，既不是恐懼，也不是哀憐，那它是什麼？

宋：我不知道耶。有時是因為劇場本身，現在做寫實打鬥、謀殺都要很小心，因為大家知道是假的，立刻就會疏離。

林：你是說劇場適合符號化的處理，如果寫實地處理血腥畫面……

宋：會很容易失分。必須要有更有趣的事發生，才可能引發對死傷的想像，也才可以激發共感。希臘悲劇說的「宿命性」，在看《申生》時，我反而覺得角色不一定要這樣。我覺得驪姬做的就是她想要的，她的主動性是強的。晉獻公塑造的環境、這個空間，才是引發一切的原因。

林：所以申生也不是非死不可。

宋：絕不是。我不喜歡他是完人，這很無聊，而且完全不可能。我覺得這就是現代觀眾或創作者的立場。我雖然給他帥氣盔甲，可是不論他的死法或情感，我有很多懷疑在裡面。

林：所以少姬也不是非死不可。

宋：在和演員討論時，我反而問她：「我真的不知道妳幹嘛要去死？」她的詮釋是：以實際情況而言，她會被認為是驪姬餘黨，基本上是四面楚歌，無路可出。可能想逃，但因兒子的死、或認識的人、家人們也都不存在了，所以選擇和姊姊一同尋死。這是她給我的看法，對演員而言，「少姬的死亡」反而有共感。可如果以現代劇作家、或以觀眾的角度來看待，可能希望少姬活出自己的一片天。

林：這比較接近當代的慾望模式，但在姚老師筆下，這些人都是沒有希望的，彷彿少姬能做的就只能這樣。

宋：有可能，我認為老師也要塑造一種無希望的環境與狀態。

林：講到這裡我就越來越理解你為何以墓穴的形象去建造這一切，類似遺跡的探索，已逝者的復活。你可以比較一下，在西方形式東方內容這樣的方向上，你的方法和姚老師的不同嗎？

宋：我覺得滿不同的。這幾年比較流行的跨界，好像是反過來，用東方的形式包裹西方的精神。在戲曲表演元素與現代劇場導演之間玩耍，兩者的相交與融合。有沒有可能在戲曲中，有現代戲劇的表演節奏、現代戲劇的演員加入？能否用不同於戲曲的方式去說故事？戲曲有沒有辦法演荒謬劇場——有，吳興國已經在做了——或是，戲曲有沒有辦法承載更多形式的可能性？

形式即內容

林：你關切的是完全不一樣的事，並不是以西方形式承載東方內容，而是傳統形式還有沒有更多的可能性。

宋：對，這是我認為姚老師在做的，但吳興國是用東方形式承載西方內容。

林：當代傳奇劇場創立於1986年，與申生的創作年代差了十五年左右，時代的風向就整個倒轉了。那麼你呢？想必與吳興國的方式有所不同……

宋：我最近在做的，比較像是在探究或拆解某些形式。比如現在在排自己寫的《國姓之鬼》，裡面有後設、戲中戲的成分。上半場是一個邏輯，一對戲子被迷霧召喚至好像是開山王廟前的地方，要做一齣戲，演了鄭成功降妖的故事。可是到了下半場，兩位演員自報家門：我們是古翊汎與劉冠良，今天在演臺北海鷗劇團的戲，來外雙溪演《國姓之鬼》，技排到一半鬧鬼了，我現在要跟你說發生什麼事。

或是自己在做歌仔戲時，把故事劇場的東西拿進來，讓演員扮演不同角色。但戲曲本身有行當限制，要一位生行去演女生，那就是不對勁。但有什麼關係？就來試試看，這對他們而言就是形式上的突破。

或《海鷗之女演員深情對決》，有一個片段是用京劇演《海鷗》，臺詞調整成戲曲的詞，有點荒謬，但我想展示給觀眾，看看荒謬中，能不能讓觀眾覺得他們真的就是妮娜與康斯坦丁。演完戲曲後，立刻以現代戲劇的方式再演一次。

我認為形式跟內容本身，在這個年代已經交融得很完美了，不管是東方形式西方內容，或是反過來的，已經是基本常態。當然還是會有一些文化轉譯問題，但我覺得不會有很大的問題。但在形式拆解、戲曲元素拆解後，現代戲劇導演還能給戲曲什麼樣的激盪？這是現在還在發生的事情，還沒有定論，或說一定會如何。

林：你說形式與內容融合得很好，可不可能換個角度說：形式即內容，形式改變，即意味著內容的變異？很神奇的是，跟1991年的學製《申生》相比，形式當然不同，但從最新的《申生》裡面，我依舊從中看到了姚一葦的成分。或許從你的形容，是以想像力為嚮導，觀眾主動走入墓穴；不過我當時感覺是，被迫墜落入宛如墓穴般封閉的世界。在那壓抑的世界中，每個人覺得身不由己，都自認是受害者，卻說不出迫害者是誰，自然也沒有人可能逃得出去。對申生來說，他犧牲於驪姬的讒言禍害；但對驪姬來說，申生才是加害人，而她只是一個設法保護自己的女人和母親。幼小的皇子們是受害者吧？但他們對晉國的大臣們來說就是潛在的迫害源，必須先下手為強。那優施和女官呢？他們是受害者、還是協助加害的幫兇？像少姬這樣好像其中顯得最無害的人，最後也決定主動擁抱她最害怕的姊姊。在某種特殊的結構裡，人人都可能做加害人的事，同時表現得彷彿受害者。他們彷彿無法不當受害者似的，既逃不出去，索性熱烈擁抱受害者的命運。我一面覺得詭異，一面卻想：這是我們這個時代寫得出來的東西嗎？與希臘式挑戰命運失敗的悲劇不同，依照姚老師的說法，或許不能稱為「悲劇性」，不過也是一種「悲壯感」吧？那麼活在當代的我們呢？我們不自覺擁抱的是哪種悲壯、崇高或敬畏？我要感謝你的戲，讓我想到這麼多。

宋：不客氣。做這戲滿好玩的，劇設系老師也很幫忙，舞臺設計都是給模型，讓我感受到在學校製作的奢華感，很多人也對婉麗老師的服裝感到驚艷。歷史戲需要較高經費，可能許多線上劇團意願較低，只有在學校，因教育目的而製作才有機會。

⊛第二屆姚一葦劇本獎

決審劇本觀察評論

場燈亮，劇作家上臺

吳明倫

嘉義市人，台大戲劇所畢業。現為阮劇團編劇，近作有阮劇團《十殿》。曾任國家兩廳院「藝術基地計畫」駐館藝術家（2019-2020年）。創作企圖透過現代眼光重看民間信仰、連結在地文化，期望說出屬於臺灣的故事。

《黑鏡》（*Black Mirror*）的劇作家查理．布魯克（Charlie Brooker）十一年前曾寫下轟動的一段話：「不要談什麼運氣，不要為自己有沒有天份焦慮，付錢給一個要是你不在五點以前交出八百字就打斷你狗腿的大塊頭。你就會被你自己寫出來的東西嚇到。」至今在社群媒體上持續流行，不斷被引用，廣為傳頌。我想，這要不是創作者們深有共鳴，就是對創作者相當有鼓舞效果：「我只是缺一個打我的人，才寫不出來。」雖然我對這段話不完全認同，但一個截稿期限對寫作的確是很有幫助，加上獎金的利誘，以及對得到專業評價的期待，這就是我少時參加文學獎的三大主要理由，我想各位參賽者的參賽動機大概也不脫這個範圍？這幾年隨著年齡增長，也從參賽者逐漸變成評審者了，對於文學獎劇本項目的參賽者還是格外有親近感，覺得我們是一國的。能成為全新創作劇本的頭幾位讀者，總是非常期待，讀到了好作品也總是急著想知道作者是誰，並留心希望此君若不是已經，最好也是盡快能被世界所認識。

劇本終究不是演出，而讀者終究不是導演

第二屆姚一葦劇本獎決審作品共計十五件，或許是因為已經經過初審與複審的淘選，並沒有讀到生澀稚嫩的作品，許多具有老練的寫作技巧，並且嫻熟結構觀念但不落三幕劇俗套（後者讓人相當欣慰）。題材與內容小至個人大至家國，展現了多元樣貌；對白大致生動流暢，情節較少說教或自溺，進展有效率，不冗長、拖戲。但整體而言，廣度大於深度，風格也偏向保守安全正確——很「規矩」、沒有太多的「意料之外」。不少劇本在空間、聲響、物件與表演調度上的細節，都缺少著墨或甚至付之闕如，不禁有點懷疑，莫非大家已經習於把這一切的話語權都託付給導演了？但這明明是劇作家最能發揮的時刻。

當然還是不乏讓人讚賞的瞬間，但讓人驚艷的創意或觀察角度仍偏貧瘠，閱讀時也就缺乏了緊張與期待。少數特別的設計，也有邏輯問題或無法忽視的不合理性，而無法得到全體評審的青睞。在形式上，可以看到一些異於傳統格式的嘗試，但這些實驗感強烈的作法，實驗性恐怕仍停留在寫

法上的形式，而不是舞臺上的挑戰，內容也不太能與之相稱或呼應，因此未能說服我們，為何採取這個書寫形式和策略，殊為可惜。

比起其他文類，劇作家最難得擁有的一件事是：自由（反面來說是：任性），因為書寫時要考慮的太多了：可演性、經費、市場、演出規模、演出形式、團隊能力、從導演到演員到業主到設計的一百個人的意見等等，換言之，劇作家可以在最少的干涉下，寫自己想說的故事和傳達的意念的機會很少，而劇本獎、文學獎提供了這樣的一個空間讓劇作家們可以盡情地書寫。然而，比起其他文類，劇本的「完成」也往往不是在紙上，而是在舞臺上，從紙上到舞臺上的這段漫漫長路，劇作家的自由通常會逐漸在溝通、理解後進行調整（或是壓迫後得到限制），因此作為一名讀者，我覺得能夠看到走向演出前的劇本最初型態是格外珍貴的。但自由也是危險的，作為評審時，選材、情節、人物、對白等等固然是觀察重點，但最在意的也許還是想讀出字裡行間劇作家的書寫狀態：無論是靈感爆發瘋狂書寫還是深思熟慮冷靜鋪哏，再怎麼自由任性，你也知道你要帶讀者去哪裡，並且讓讀者知道你知道。

非受迫性失誤 Unforced Errors

本屆的參賽者除了臺灣本地，還有海外的華語使用者，作品中有各地不同的語氣、措辭、方言，在閱讀時都是可以輕易察覺、分辨的，有時對其中的華語使用甚至有陌生感（不是壞事），是滿新鮮的一次體驗。最終得獎者也很巧合地來自澳門、中國、與臺灣三個地方，作者們對於所選題材都具備相當的知識和感情，筆下因此多有說服力和感染力。〈極樂〉的人心曲折與社會觀察、〈歸年〉的角色塑造與冷靜筆觸、〈奧斯維辛之後〉的多線交纏結構，都令人印象深刻。

評審過程如同紀錄所呈現的，第一輪有三分之二的作品（十個）得到至少一票，我認為都各有可觀之處，某種程度上則表現了評審們在喜好上的分歧。第一輪的討論我覺得非常健康、非常詳細，因為意見交換後得以突破原本的盲點，除了少數時刻確認了「汝之蜜糖，彼之砒霜」的情形確實存在，大部分的時候是在讚美與對準，並且提醒了彼此的偏見，也因此，在歷經漫長近三個小時的第一輪討論過後，第二輪投票在首獎方面才能形成高度的共識，我對不同失誤的容忍程度進行了不同的調整，簡單來說就是被說服了，如果大家細看決審紀錄當可看出一些端倪，或者也被評審們說服。〈極樂〉便是在這樣的情況下獲得了壓倒性的全票通過。

以「犯下最少錯誤」、「不過不失」作為作品超越他人的原因，是文學獎、劇本獎在評審多方角力時很常發生的關鍵，以前我對此有點不以為然或不樂見，覺得這多多少少扼殺了許多生猛作品被更多人看見的可能性，但現在我認為「不犯錯也是一種很難的技術」，就好像網球比賽中的非受迫性失誤愈少，贏球機率也愈高，這也是規則的一部分。而且，為了不發生失誤，有時採取守勢所費的力氣並不比主動攻擊低。另一方面，攻勢凌厲具侵略性，看起來華麗刺激，但若處理得不夠細緻，就會飆高失誤破綻連連。理想中，能夠主攻又維持低失誤，是最理想的狀態，那就會是GOAT

（Greatest Of All Time）的完美呈現了。

不過寫劇本畢竟不是打網球，不那麼依賴即時的反應，只要有時間和耐性，就能反芻和修補劇本的缺陷，同樣的，有些一時難解或無解的問題，我也相信透過反覆的練習總有回過頭來將它們處理掉的一天——而且說不定是在舞臺上可以由夥伴們解決的，夥伴們的意見不永遠是那麼討人厭的。如前所述，劇本的完成往往不是在紙上，多半也不會是在得獎的這一刻，只要找對適合自己的方法，編劇可以不用單打獨鬥。

開始寫下一齣

在《倒數時刻》（*Tick, Tick... Boom!*）中，主角劇作家強納生・拉森（Jonathan Larson）在作品試演過後，問他的老練經紀人接下來該怎麼辦，她說：「開始寫下一齣。寫完那一齣之後，再寫下一齣。繼續寫下去，當劇作家就是這樣，親愛的。」這是幸也是不幸，祝福所有參賽者寫作順利，持續探索各種題材，持續磨練自己的寫作技巧，並對人間有更深刻的觀察，並且，不管有沒有截稿日，不管有沒有拖稿會揍你的人，不管有沒有得獎，不管得獎後有沒有被演出，都要繼續寫下去。

框的創造，景的凝視

陳建成

臺北藝術大學劇本創作研究所碩士、英國倫敦大學皇家哈洛威學院戲劇博士，現為臺北藝術大學戲劇系助理教授，研究興趣為當代英國劇場與戲劇理論。同時從事劇本創作，已發表劇本包含《日常之歌》、《解》、《在世紀末不可能發生的事》與《解離》等。

在讀完本次進入決審的作品之後，可以感受到當代劇作者似乎愈來愈普遍意識到劇作形式與內容的關係，無論是透過直覺或深思熟慮之後的結果，許多作者都企圖替自己所書寫的內容尋找最適合的形式來加以乘載，而不是採取習見的形式，因此閱讀過程中充滿新鮮感。不過，這並不是說形式或內容上的新鮮感就是判斷作品好壞的標準，採取較特殊的形式時，還同時必須要配合對於形式意義的思考，才能達成內容與形式的必然連結，讓作品更加穩固且賦予深度。反之，即使是以常見的對話形式為主的劇本，在主題上如能挖掘出好的題材，展現對於對話書寫技藝的掌握，甚至對於對話的形式意義進行反思，仍能成就值得再三推敲的劇本。雖然最終決審選出了三個得獎劇本，我在這裡仍舊希望談論幾個並未得獎的劇本，以留下對於當代創作者在形式探索上的觀察以及思考。

朝向構劇的異質性

在當代的戲劇創作當中，有一類劇本所採取的策略是採用「異質性的素材」，跳脫了一般編劇對於情節邏輯、故事內容、對話建構與人物完整性的追求，而是透過主題與概念上的連結，黏合異質性的素材。這樣的劇本形式因為不同於一般對於劇本的習慣預設，因此在閱讀與思考時也可不以情節、故事或人物等角度切入，而是觀察創作者如何處理「素材」：素材生成與發展、素材配置的邏輯以及意念的延展、深化、辯證，以及素材轉化至演出時的劇場性思考等。如果將「傳統」的構劇手法定義在線性的對話形式當中，則可以觀察到，當代劇作構劇的其中傾向之一，即是從這樣的傳統出走，構成一個光譜，朝向非線性的結構（多線交織、時空並置、時空跳躍、獨立片段、夢境或想像邏輯等），以及不以對話為主的語言形式（敘事、獨白、內在多重聲音、群眾歌隊、既成的語言素材、發話者不特定的聲音、擬聲等）。

在此所說的「異質」，是相對於習見的以日常對話建構的線性劇本而言，而這樣的異質性的追求，並非只是單純構劇結構與語言形式上的探索，往往可能是因為創作者在思考當代人的處境時，因其創作目的的關係，而必然要對作為手段的戲劇形式結構進行反思。無論是往內探索精神風景與意識結構，或是往外企圖描繪更大的社會與地緣政治結構，或者是捕捉意識形態機器與受召喚主體的交會點，既有的封閉線性敘事已經無法承載創作者的企圖，因此也就要求一種新形式的創造，而具體來說，可以展現為構劇形式上從極簡到極繁的光譜，而從這次的參賽作品中，正好可以觀察到位處光譜兩端的作品。

內向性與概念化

如果劇本強調個人內在探索，則在形式上採取極簡的獨白敘事就可能是一種適切的寫法。〈暗房筆記〉即以純粹的個人筆記形式，展示了書寫筆記者時間跨越數年，最終結束於自殺的可能的筆記內容，在舞臺想像上則配合暗房當中的各種程序逐步展現。雖然在舞臺指示當中，作者說明這些筆記內容是由他人所整理，但是因為形式採取的是純粹的筆記獨白，在閱讀上無法有他人觀點的參照，也使得整個劇本讀起來更像是書寫者自殺前，自身書寫的未經編輯的內容。整個劇本的內容展示了當代個人在成長過程當中的內向思索，同時將成長的故鄉書寫成為內在的庇護之所，在個人內在主體性的探索有其細膩之處。然而稠密的語言質感與資訊如何更加適當地傳遞，不同時空經驗內容如何接合，乃至於照片沖洗的演出框架如何扣合獨白內容，都還有琢磨的餘地。

與〈暗房筆記〉的自我深掘相對，〈它〉則望向人際關係。全劇除了肢體片段與沒有分配發話者的段落外，主要由情侶對話構成，然而在對話片段當中，卻出現了有別於日常對話感的高比例抽象思辨段落。這對情侶會圍繞著抽象的「它」進行辯論，「它」是伴侶其中一人感受到的精神層面的禁錮，甚至偏執到近乎妄想，進而影響到兩人關係的存續。因此，在語言層次上，此劇並置了日常語言與高濃度的思辨語言，進而從以個人為單位的日常對話轉向到精神深度的概念式挖掘，只不過這兩種語言邏輯之間的關係可以進一步釐清。

高濃度的自白語言或概念性語言遠離了日常語言的質地，但同時也彷彿穿越了人際間的慣性表象，讓人得以曲徑通幽，深入凝視現代主體結構與主體間互動的深邃處，但在具體實踐時，也考驗寫作者的思考清晰度與掌握度。

複數語言層次、多重視角與框架解放

在書寫自我與家鄉此一主題上，與〈暗房筆記〉純粹的獨白相對，〈那個時候〉則採用了將語言與形式高度異質化的策略。劇本將場景設置在了一個近乎寓言般存在的客家村落，主要內容寫出了叔公太之死，以及守靈夜前後親戚之間的互動，揭露阿嬤作為冰果店公主的過往，以及小女兒對這一切的觀察、回憶，乃至於歸結到自我身份的思考。劇本透過多樣的角色設定以及語言形式，拓展了對於劇本形式的框架想像，劇中列出的角色就有二十九個，包含活人、祖先乃至動物，看得出劇作者不受限的想像力，發揮了演員能夠迅速在不同角色之間轉換的劇場特性，讓戲劇跳脫「個人角色」的框架。與此同時，場景皆短且轉換迅速，不同人物接連上場發聲，以眾聲喧嘩的多重視角方式打破了傳統透過線性對話建構資訊的構劇慣性。語言使用上，除了對話之外，有偏向個人獨白的片段、未分配說話者的敘事段落、引用劇中人物的日記內容、註解說明，乃至英文族譜等，多樣語言形式的導入拓展了戲劇語言的可能性，對於觀眾來說是挑戰，卻也是解放劇場認知框架的潛在途徑。

相較於〈那個時候〉仍留有統領全劇的故事線，〈不在場練習〉則全然放棄故事線，呈現看似彼此不相關的場景段落，並以場景間的主題類比方式進行鋪陳。全劇的舞臺想像為捷運站及其出口，但是包含的場景卻超出了捷運站空間，包含了操場、機場、宿舍、救生艇等，時空跨度也從當代臺灣到七零年代臺灣、八零年代末期的香港，乃至於鄭和下西洋、尼安塔人大屠殺等，而人物除了一般人之外，甚至包含了聖經人物、動物還有筆記本等。片段之間唯一的共通點，就是呼應劇名「不在場練習」所指涉的「離別」，作者從個人時空跨入人類史的尺度，並企圖超越人類中心的視野，賦予「離別」母題超乎想像的切入方式，揭露這看似日常的場景與情感，其實可延伸至更複雜的意義之網。然而，極繁的寫法易放難收，在此種書寫當中，如何使詮釋能層層開展或翻轉，而非同義反覆或過度隨機，會是一個思考的方向。

景的凝視與鋪展

從極簡至極繁的戲劇形式探索，可以比作觀看框架的創造與調整，而此框架之創造能使觀眾看見何種風景，乃至風景的深度，應是與框架的創造同等重要。在此次得獎作品中，〈歸年〉以現代中國的歷史捲軸為背景，透過清晰的獨角戲形式，捕捉時代變動中的女性個體處境。而〈奧斯維辛之後〉之後則以蛛網般的多線架構巧妙鋪陳，挖掘出在都市生活表象之下可能潛藏的暗黑、惡、痛苦乃至個體救贖的想望。若說以上所提的作品都有可見的形式企圖，則〈極樂〉展示的是，透過看似慣常的線性對話的單一線條，基於對於社會表象的凝視，將那些隱而未顯的與漫無目的的細節展示而出。儘管此劇以對話作為形式，但是角色在對話當中往往沒有特定目的，在此處，可以看見一種對於對話形式本身的反身思考。重點不在於「角色要什麼」，而在於社會底層的人物已經處於「無法獲取」的結構，人物處於結構當中而無法行動，甚至談話的內容也都傾向重複，展示出了人物看似有在談話與企圖行動，但其實無事可做也無話好說的處境，看似無事發生，卻逐漸累積的集體壓抑，最終指向了可能將臨的社會暴力。

戲劇框架的創造，能夠帶來新的風景，但同時，即使使用慣有的框架，透過創作者的凝視之眼，鋪展出表象底下幽微的細節，並反身思索既有框架的意義，也能帶來令人驚喜的新意。由此次劇本獎展開的觀察作為出發點，思考當代構劇的可能性，或許也就停留在這樣的思路與提問：構劇之框如何創造，為什麼創造，世界之景如何凝視，又為什麼凝視。

從創作的反身意識到多面向世界的生成

汪俊彥
臺大中文系學士、戲劇所碩士、康乃爾大學劇場藝術博士。曾獲菁英留學獎學金、傅爾布萊特獎學金等；現任教臺大，開設文化研究與藝術批評相關課程。長期撰寫劇評，研究涉及美學與文化翻譯。
二〇二一至二〇二二擔任台新藝術獎提名觀察人。

近幾年在臺灣劇場界，可以觀察到國家藝文空間場館快速發展，地方與民間輔以文化為名的活動不勝枚舉，場館思考著如何吸引民眾至場館，進而將民眾變成觀眾，留在場館中，然後再進一步延長觀眾待在場館的時間，重點不僅在於入館率的提升，也因為計算工具的進步與合理化，接觸場館與藝術活動幾乎成為理解民眾文化／文明程度的數字與表徵。場館運作需要透過實質的活動與演出，建立與觀眾間的關係，劇本以及其衍生的種種創作期程，如文學獎、前期發展、概念企劃、劇本徵選、讀劇演出等等，都成為整體當代戲劇創作的物質環境。簡單放在歷史生產的脈絡與變化來看，劇本文學獎從關係著「作者」的文學創作文體，再到涉入「表演」與「空間」的劇場狀態，再到今天對於所謂劇本創作的觀察，已經需要再加入「觀眾」、「製作」、「文化生態」等介面，提供共同閱讀何謂當代劇本的認識。

創作反身性「問題」的提出

這篇短文就本次擔任第二屆姚一葦劇本獎的決審所見，試著將閱讀到的劇本本身的形式、議題，放在更物質性的劇本生產條件中思考、提出觀察。總體而言，劇本作為某種預設在有限度的時間與空間中，期待達成（不）溝通與（不）表意的呈演文本，如何透過合理的佈建與安排，成就角色形象、行動與敘事發展，以及創作者預期的美學效果，無論如何應該是共同認知的先決條件。就初步觀察來說，劇本如何提出創作「問題」，是我首要期待的。怎麼說呢？一般而言，我們想像創作是自由的與任意的，作者理應可以憑其想表達的概念，透過模仿或想像創造故事。但創作同時也是累積的與風格的，也就是說，創作者在處理親子關係、家庭倫理、成長或社會現實等議題時，同樣的議題也可能都曾經為大多數其他創作者所在意而操作；而精彩或經典作品之所以精彩或成為經典，便是建立在觀眾或讀者對於其整體呈現風格美學的辨識與親近，而這些累積的經典作品便成為處理同樣議題或手法時，最快被重新聯想與重新挖掘的對象。所以，一個新創作品如果只是站在表達單一作者的情感與概念，可能是不夠的；更重要的在於這個情感或概念曾經被如何處理，而這一次的創作又如何嘗試提出或是挖掘新的面向，從而形成對於作品本身的，同時也是反身性的創作「問題」。〈尚未抵達紐約〉以相當通俗，甚至有點俗爛的一對男女夫妻關係佔了整個劇本的大部分篇幅，這些篇幅之間則以幾場演員表演作為穿插。這幾場演員表演又以類型或表演資料庫中時常被運用的元素搭建而成，例如：莎士比亞（William Shakespeare）的哈姆雷特（Hamlet），或是華語讀者熟悉的武俠與家庭倫理。相互運用的效果，讓本來看起來平淡無奇的題材，卻疊加出對於演員、角色與表演種種的提問。各種百無聊賴的相處關係與角色，便轉身成為對於這些通俗關係的問題意識：我們究竟是一再重複這樣的關係，還是表演與角色的類型關係重複確認了我們的狀態本身。

「私劇場」與「散文化」

在這次的劇本中，與近年參與臺北文學獎、大專院校文學獎的經驗一致，有為數不少的創作者將劇本的角色性格及其延伸出的行動與語言，以相對封閉，或者我形容為「真空」的人物形象現身。倒不是說這些角色以讀者或觀眾可以掌握、想像或是理解的狀態現身並不妥當，而是這些過於功能性的任務被安排成為劇本推動敘事的重要動力時，如果沒有適切的心理狀態與角色的經驗作為支撐時，很容易落入過於理所當然，而失去觀眾對於角色的好奇，進而影響了劇本的推進。而這樣的表現，又往往出現在對於家庭關係、親屬關係與成長記憶的劇本上，有時為了強化父親、母親或兒時回憶的掌握與干預，讓上一代或成長往往成為沒有理由、沒有原因的壓迫，但卻相對也形塑了下一代對於自由全然沒有脈絡的接受，彷彿自由也是存在於如上帝般的真空世界，只有人類聽命於祂，卻不是人類在特定的歷史狀態中，創造了對於自由的需求。另一個角色「真空」所造成的現象，則使得劇本只再現了私密與個人的記憶，而且往往是片刻的與斷裂的，或是以特定情緒狀態承接的世界，進而在高度依賴獨語、抽象與空間的任意性中所組構出的除了作者自身當下外，無以解碼的作品。

近期另外一類的創作傾向則以上述的「私劇場」路徑出發，透過近似大量段落的散文式表述，或可以處理成舞臺與導演線索、或可以視為不存在的角色、也或者是敘事者。不借用角色或是劇情行動來安排意念，反而以散文式的描述語言（卻又不是獨白），主導了劇本結構。散文式的處理，傳遞了直接的、主觀的，甚至是堅定而不能妥協的創作態度，畢竟在散文的世界裡，有種「這是我的感受、我說了算」的風格前提。然而劇本創作與表述的形式，與劇場表演的身體與姿態密切相關；換句話說，這樣散文式的劇本語言，在演員表演與劇場限定的時間與空間中，如何相互配合，以致於成功聯繫與觀眾，無論是情感的或是政治的、認同的或是疏離的關係，有待劇本創作者更積極性地介入劇場美學，在其所不得不以散文描述所呈現的劇本脈絡中，大膽提出新的劇場表演概念。從現代戲劇史的經驗中看來，這也是為什麼許多開創性劇場理論的導演，既作為理論的先聲，往往自己也同時編劇，布萊希特（Bertolt Brecht）、亞陶（Antonin Artaud）等都是如此。

質疑既定框架，拓展認識世界的方式

這些作品中最令人眼睛一亮的創作敏銳度，對我來說，是對於既往定義的文化、傳統、身份或習性，甚至是所謂歷史與邊界的質疑。得獎的〈極樂〉與〈歸年〉都不能不讓評審注意到這個特質。前者以深圳三和臨時工作交換站為背景，近身處理底層人物的具體樣態，語言上既不脫離現實口吻，卻又處處延伸多重寓意；既帶著所再現之人物的底氣，卻又鮮明地提升成為文學的人物。全齣除了底層人物之外，輔以各種動物符號的喻意，在看似交談與對話中卻氤氳地交代出某種超現實的生存景況。因而透過角色所創造出的觀看，宛如田野式紀錄片中帶著實驗的鏡頭，不斷挖掘傳統透過國家、種族、階級、性別、區域所無法再現的生命種類。〈歸年〉則以中國近代史為經緯，利用家族身世的角色敘事，從序幕倒敘開啟編年的結構，以回家為線索，拉出戰爭下的人民的狀態。雖然無論在手法或是議題上並非首見，但有意思的是，作者以某種程度卻翻轉了長期以來以民族主義史觀對於戰爭的認識，將既往將戰爭刻劃為受外侮侵略的集體創傷，轉向所有流離失所過程中，與「同胞」所共同譜寫的不堪。同樣的也因此在不改動歷史的物質現實下，卻帶出歷史的複雜性以及其中參與歷史、原以為不可撼動的戰爭主體。

邁向超越邊界的「劇場臺灣」

作為身在臺灣的劇場參與者與觀察者，最後想回到這個位置結束這篇短文。在幾次不限身份的劇本獎徵選上，如臺北文學獎與姚一葦劇本獎；或是如臺大、師大文學獎的投稿中，包含中國大陸、港、澳等利用華文書寫的創作者，已經作為臺灣無法不正視的創作能量。如果正視語言與國界的關係，現代國家雖然強力主導了語言的政策與教育，但卻也從來無法阻擋語言與生命的流動，超越國家邊界與創作身份的現象。值得思考的是，「臺灣」在這個概念下，究竟可以扮演什麼角色？劇本創作者與其他文學文類又有些許不同的地方，在於創作者們往往來自於劇場科系訓練或具有劇團相關經驗者。自省地說，臺灣的劇場專業訓練與視野，無論是學界或業界，如何參照與觀照更多面向的世界生成，超越長期限制臺灣劇本創作者的美學、情感與表演方法，在親近的、本地的議題上，卻能提出批判性的認識，將是我心中臺灣作為開展以語言為基底、而超越國家及其身份意識邊界的華文劇場，所能扮演的積極角色。

決審會議紀錄

會議時間：二〇二二年6月29日（星期三）上午十點半至下午一點半

會議地點：小樹屋澤米芋分館

決審委員：汪俊彥、吳明倫、陳建成（依姓氏筆畫排序）

列席人員：王思蘋、陳樂菱

會議紀錄：陳樂菱

會議開始由行政人員陳樂菱報告第二屆姚一葦劇本獎收件情況。本屆共收到四十八件來稿，經資格審後有四十七件作品進入複審，由複審委員黃郁晴、許哲彬、王嘉明、何一梵、童偉格、程鈺婷於四月評選出十五件進入決選。決審委員汪俊彥、吳明倫推舉陳建成擔任主席。本屆需選出四個獎額，首獎一名、評審獎一名、優等獎兩名。主席先請各位評審針對本屆作品發表整體看法與評選重點。

吳明倫（以下簡稱吳）：整體是好看的。可能因為已經篩選至三分之一，篩選過後不至於單一觀點，已呈現出多元觀點，同時也有傳統、較為熟悉的戲劇結構與形式，範圍很廣。可以感受到投稿者來自於世界各地，有香港、中國、台灣等等。劇本內容即時反應現在狀況，不少作品都有提到香港近況、俄羅斯烏克蘭戰爭，非常反映當下。有一些可能不是特別符合舞台劇形式，但整體上的閱讀經驗算是愉快。

汪俊彥（以下簡稱汪）：首先觀察到的是包容性和廣度足夠，這個對我來說蠻有意思的。在其它大學的文學獎當中，學生看事情的觀念比較一致，而這個獎的設置有將層面拉大，涵蓋了各種議題的可能，關心的主題與手法差異性也比較大。閱讀上來說是一個享受。

形式處理上是否符合劇場的方式，這點對我來說非常重要。所有的劇本在書寫時，作者想要跟什麼樣的觀眾互動，這是劇場非常核心的。小說比較沒有這個問題，小說因為是透過閱讀，在敘事上可以很作者本位，甚至可以不必管讀者是誰。可是劇本不是，這也可能是我自己對美學的認知。當有了人物與空間的設定，作者不能假裝劇本是演給一群真空的幽靈看，劇本本身必然會關聯到特定的空間展演，會被鑲嵌在特定的脈絡中，這是我稱之為劇本創作時就具備且先行的「物質性」。這件事情如果沒有被處理到，會是作品一開始就呈現的缺陷。有些作品對我來說有點這樣的問題，作者很自在地寫，想要有多少人物角色就讓他進來，乍看很豐富，但問題是出在整個敘事構成，以及如何認知與觀眾的關係。如果只看到作者充分發揮想像力，但沒有與觀眾溝通，那我就會覺得他形式選錯了，可能更好的形式會是影視劇本或者小說。有些作品甚至非常散文式，我也很好奇劇場有沒有辦法處理這樣散文式的作品。一旦作者沒有辦法注意到劇場的形式，我覺得再好的文字，都不見得是劇本創作的優勢。

陳建成（以下簡稱陳）：在內容與形式的多樣性上，比我預想的豐富許多。印象中，有超過一半的劇本在形式上有想法，但形式上能夠契合內容的作品比例不高。形式上看到很多潛在可能性，但是要如何發揮還有很多空間。相反的，有一些比較穩定，較採傳統形式的劇本，不會因此覺得無聊。我會看作者對於完整度的掌握，不會因為形式的新穎而加分，或者傳統而扣分。台灣近幾年劇本創作受到比較多可能是國外的影響，大家有很多形式上的想法，可是我覺得大家對於形式上的想法，或者形式意義的認識，好像還是處在探索的過程中，有些人使用形式新奇，但是不知道可以承載什麼意義。但我覺得在這樣的趨勢中，是有作者具備潛力能邁向更成熟的形式掌握。

●第一輪投票

經評審討論後，決議首輪投票各自圈選五篇作品，不分名次，得票數依高低排列如下：

兩票作品：〈從天下掉下來ㄌ〉、〈什麼也沒有發生〉、〈歸年〉、〈尚未抵達紐約〉、〈極樂〉

一票作品：〈皮帶〉、〈日月星街〉、〈那個時候〉、〈奧斯維辛之後〉、〈不在場練習〉

零票作品：〈好〉、〈二十四個女人划條船〉、〈它〉、〈囚疚〉、〈暗房筆記〉

一票作品討論

〈那個時候〉

吳：會思考導演是否可以解救這個劇本。寫法比較面向讀者而不是觀眾，有很多註解。如果我是導演可能會把這些註解投影出來，也許問題也沒有那麼嚴重。有趣之處在於作品突破了劇本寫作的想像，採取類小說筆法。作者其實不是對劇場陌生的人，表面上好像不是在寫劇本，實際上可能知道劇本怎麼寫，才故意這樣寫。故事吸引人，會讓我想知道叔公太的遭遇，雖然他的下場有點淒慘，特別是在火車站頭被撞斷這件事有震撼到我，客家魔幻是在劇場或者小說都讀不太到的類型。

字型大小變化，在劇本上不太會看到，比較像是「圖像詩」，因為通常在劇本裡看到字放大就是聲音變大的意思而已。年表跟家譜也很可愛，整體上好玩有趣，雖然不是習慣看到的形式。

陳：形式確實特別，讀到最後對我來說的問題是，故事其實很簡單，帶著某種鄉土文學小說的氣息，但不太知道這個劇本的觀點，最後結束在「終身不孕」，而「終身不孕」雖然是一直不斷重複出現的關鍵字，我卻其實感受不到重量，或者意義是什麼。使我覺得作者用了一個有趣的形式去講一個相對簡單的故事，但缺少可以讓觀眾延展、深化思考的空間。

吳：客家主題比較特別，少見。

陳：關於劇本的註解該怎麼呈現，和明倫有類似想法，導演可能用投影的方式或其它方式處理。一般劇本的註解就是註解而已，但這個劇本有很多資訊在註解裡出現，並非本文。所以我讀到的意圖是，如果要演出的話，這些註解是必須被處理的。可是作者沒有在劇本的任何地方提到這件事情，會讓我覺得作者對於劇本沒有更全面性的思考。如果作者想要採取比較特別的形式，可能要讓讀者更知道他的企圖是什麼。

汪：一開始我喜歡他的形式，不是傳統的角色建立和嫁接。我覺得作者不是生手，對形式有掌握度。太多訊息放在戲外，但是對觀眾來說，舞台上不能有太多「戲外」，角色和舞台呈現本身是跟觀眾溝通的訊息量的來源。如果有很多都藏在後面，我會覺得這不是劇場溝通的方式。如果把那些訊息都融入在角色跟物件當中，再處理訊息的流轉，劇本就會變得很有意思。如果劇本本身處理得夠好，訊息就會出來，可是他不用這樣的方式，會讓人覺得在幫劇本擦脂抹粉，但劇本本身是說不出話來的。不過其實劇本形式是新奇且能被人接受的，有自己的說話方式，也有溝通的能量，不至於像是有些作品鑽到自己的世界完全出不來。

吳：我在讀的時候一直在想敘事者是誰？有點小說筆法。小女兒到底是誰？不太像標準劇本。

汪：議題跟小女兒太功能性，處理的很可惜。

吳：作品演出時導演會很累，彎需要進一步修改。

〈皮帶〉

吳：有缺陷，但是故事有趣簡單。對話偏幼稚，與人物年齡設定不符，呈現出人物的幼體化，還活在可以化成戰隊的幻想世界，這也可能是姐弟倆的「語言」。但是這種語言如果從頭到尾都是如此，閱讀上會讓人疲乏。劇本中有一些讓人預測不到的部分，結尾也有扭轉，整體寫法是在這次決審作品裡比較沒有人做的嘗試。

陳：角色對話一直保持著張力，看得出作者對於對話書寫的掌握。「幼體化」這種跟年齡不相符的語言使用方式，是他的主題或者是他企圖的主題：人的幼體化，以及人是活在相對封閉的空間裡。但有一些細節無法說服我，很難想像在台灣會有這麼封閉的生活，且幼體化的語言和日常對話並置在一起，在同一個邏輯上運作時說服力不高。如果是在某個場景，例如一個幻想或者是他們童年時候的場景，可能會成立。情節上有點故弄玄虛，結尾比較曖昧，不確定結尾要推到哪裡。弟弟設定念到博士，但卻不碰女人或什麼之類的，好像社會化極低，那他的大學和碩士階段發生什麼事？

人生狀態太單一化，使得當我去想像人物可能的細節時，這個弟弟可能不會或不只是長成這個樣子，人物刻意被縮限，說服力比較低。

吳：保全的設定太刻板或者單一，沒有寫清楚是在社區、工廠或者其他地方，感覺是為了劇情才有的一廂情願的設定。

汪：想要的東西以比較直白的方式處理，那些直白無法成就形象的具體性。比方說弟弟念到博士，可是會提到他姊姊叫他回去找老師，這邊讓人感覺只是為了讓角色之間產生對話和衝突，罔顧角色要念書念到這個程度必須有許多社會支持，才可以讓他在這邊開始發言。作者沒辦法真正處理人物，作者使用了我們能夠想像的表現方式與人物對話，來透露出兩人的背景情節和張力。因此當角色沒辦法成立時，對話就沒辦法進行下去。最好是既能照顧到角色，同時讓角色所創立的邏輯跟現實身份衝突，顯示出角色既活著，但又不知道怎麼活著，那就會很有趣。

〈日月星街〉

陳：使用許多意象，使得看似日常的對話顯得有些刻意。會想他是不是刻意結合寓言和日常的對話，這也會牽涉到導演怎麼處理，所以會覺得他不是不能這樣寫。問題在於人物欣的處理，關於她的精神狀況的變化，說服力必須提升，才能讓人知道為什麼她一開始有工作，卻在後來產生那樣的變化，目前有一種強加在她上面的感覺。

吳：欣的轉化很突然，丈夫寫詩、在廣告業的成功為什麼是一個打擊？其實沒有很多線索。用詩化的語言做廣告，關於這件事好像寫得太嚴重了。小說家王定國，小說寫得好，房地產廣告也寫得好，這兩件事可以分得很開，所以我不知道阿康的掙扎從何而來？欣的吃醋和打擊又是從何而來？沒有很說服我。

汪：故事發展太隨機，沒有回到角色本身，不清楚角色之間改變的變化。用兩個角色要去鋪陳整個劇本，角色合理性很重要，不能隨時加語言讓角色說話。情緒很濃，但終究是作者的，而非角色呈現出來的。

〈奧斯維辛之後〉

陳：比起〈日月星街〉，我會更支持這個劇本。原因在於，他的形式和內容有配合。多線結構凸顯出社會中網狀交織的未知的邪惡，人物總是處在程度不一的困境，而那些你不知道的危險，可能就在開門之後發生。多線式描繪都會群像，有些線沒有解決，第一次讀會覺得沒有處理完成，但第二次讀就覺得有些事情好像也不需要解決，解決問題不是這個劇本的企圖。拉很多線，有些平行，有些交織，看得出作者對劇本的掌握度與自覺性高。會有所保留的是，這個劇本所呈現的社會感是犯罪率很高的社會，但這樣的社會縮影與我所感覺到當下的社會是有距離的，因此去思考他所呈現的群像和現實社會的關聯性時，會讓我產生疑問。濃縮地把負面東西聚集在一起，有一點沒辦法說服我，是可能的問題。

吳：會期待多線敘事的每個線要有深刻的印象。實際上達成的只有幾個角色，有些就是搔不到癢處，比方說「男孩」此角。有些平的線反而就會吸引到人，例如警察和維修工，會讓人印象比較深，角色有侵略性，但也會讓人想是不是太刻板了？會讓人想作者到底是要刻板還是要寫實？不太確定。

汪：其實我也喜歡這個劇本，是唯一讓我討論前再讀一次的，是讓我有印象的。劇本想要處理問題，形式有說服我。佈建出每一個人都有牽扯關係，懸疑感有趣味，大量原因藏在背後，但在表面上是以稀疏的語言佈建。可惜的是每一個人物都太原型，只讓這個人物在這個場景扮演這個功能。如果讓每一個人物有其深厚面，就會帶出更多的懸疑跟網絡感，會期待有這樣的發展。如果他現在沒辦法駕馭這麼大的空間，我反而會希望他縮小，更精緻一點，幾個組件就佈建起來，那就會變得很有說服力。形式和內容會讓我讀起來很喜歡，現在是攤開了大網，但其實沒有掌握到整個網絡，有些角色因此空掉，很可惜。

〈**不在場練習**〉

汪：企圖心大，值得鼓勵，拉開了世界規模的對話層面，去處理眾生相。如果說〈奧斯維辛之後〉描繪了台灣社會的網，這個劇本攤開了文明的網，但是沒有繼續深入下去，網織起來沒有太大說服力，很多訊息沒有辦法處理到。作者開始意識到在處理個人關係時，不能忘記後面有層層關係影響著我們的行動，看似個人的意志行動，其實有更大的力量間接決定著，那可能發生在區域與區域間、國家與國家間，或是各個文明移動過程中。這一點，作者對自己的期許很值得期待，但整個劇本還需要進一步的梳理。

吳：閱讀過程有趣，但其實打亂場景或者抽掉幾個其實沒有差。有些場景令人會心一笑，越到後面越寫越大，切入點有趣，內容也蠻好玩，但核心太早透露，以至於讀到後面都是一樣的概念。建議可以大量簡化，再挖深一點，思考同樣的主題可不可以挖到我們想不到的地方。

陳：形式吸引我，細讀後明顯的問題是，有許多資訊性的東西並沒有得到轉化。像某一場，雖然有ABCDE，但並不是不同的聲音，只是把單一既有的資訊打散給不同角色，但資訊仍是單一的。這樣處理素材的方式又不斷在劇本裡出現，會讓人覺得看不太到作者的企圖和想法。

兩票作品討論

〈從天上掉下來ㄉ〉

吳：負面角色吸引人，騙子與他的同夥們各懷鬼胎，是相較少見的角度。作者維持著距離寫下這些角色，不會讓人覺得可悲的人就要去同情他。角色偏平但還是會有印象，不至於搞不清楚誰是誰，最後的結局也還算公平，沒有落入揚善懲惡，不是一個標準答案的結局。

汪：形式和內容有說服我，從負面角度切入蠻反諷的，但不是純然厭世，而是把反英雄變成一個題材。劇本具有劇場感與節奏感，墜落形象的疊加有輔助角色成立。不只是有社會事件的角色，而是很多隱喻在劇場空間內發生，空間、敘事跟節奏的操作上有達到一定水準。如果實際演出會更凸顯張力，幾個角色之間的關係會更清楚。

陳：在描寫選舉賭盤和選舉這件事情上，對我來說還少了點說服力。

汪：可是這個就是好笑，你知道這不是真的，但他們卻在這麼弱智的遊戲規則當中要闖關往下走。角色不一定要完全成立，裡面沒有正反問題，因為全部都是反，就是一群沒錢投機的人，在沒錢的困境下抱著自以為的發財夢。對我來說這本來就比較兒戲，但我一點都不介意。作者展示了一群不會成功的人的自我幻想，到最後他們自以為真的可以上天堂，或者進地獄，那就是取決於他們自己的選擇。另外，作者在寫選舉時一群人去支持候選人的狀態，我就覺得很嘲諷，但其實選舉行為本身就建立在這種相對令人莞爾的信任上，他的處理有抓到距離，整體而言算不錯。

吳：這對我來說有點像是之前〈皮帶〉提到的保全，讀的時候有點卡一下，但不會到很介意。作者可能就是沒有在做田野，可能平常選舉是怎麼樣子，他就把它誇張化、幼稚化。這件事情做得比較輕易，可能寫實的部分就比較不見了。

汪：警察也很愚蠢，在辦案的時候哪有可能跟你聊學業。可是我就覺得很有意思。

陳：我在讀作品的時候，覺得類似在讀政治諷刺漫畫的感覺。這可能是他的好處，但也可能剛好是缺少說服力的地方。會期待看到更成熟的觀點，但同時也可以是諷刺的。現在對於政治的想像比較表面，表面可以是優點，像是漫畫化，但也可能代表作者選擇這個主題，卻沒有做到深入。理想上希望是可以深入之後再表面化，但我好像感覺不到這個過程，整體比較像是他想像出來的世界。

汪：呈現這個劇本時，一定要有反面操作的諷刺感，只要有做出來，戲就可以看下去。墜落意象的重疊加深了諷刺感，呈現了無力的失重狀態。劇本調度完整，不是一個只有想法就寫出來的人。但是劇本不能認真看，當中有反轉再反轉，稀釋了語言，讓所有人的存在變得荒謬。

〈什麼也沒有發生〉

吳：整體劇情可預測，除了部分無法被猜測的細節外，並無驚喜，雖然如此還是會想繼續看下去，想在過程中知道作者的觀點以及鋪陳的方式。角色有限，所以觀點偏向單一，從頭到尾角色的改變很少，比較缺乏驚奇。

陳：可預測性的確很高，對話以及敘事結構很有邏輯性，順暢中也有時空跳接，當中有足夠線索不讓人迷路，作者有意識地處理時空轉換，看得見結構上的技巧。主要人物是少的，只有善兒和阿德，取名字上有道德寓意。敘事者使用多元化，除了兩個角色的聲音之外，敘事者可能扮演群眾、內在聲音等多重功能。有拉出歷史感的縱深，展現不同代人對香港的感受，是有刻畫歷史感受的少數劇本。

汪：選擇了鮮明的歷史事件，所以讓劇本太可預期。如果模糊化變成泛政治運動，就可以用不同的角度觀看。書寫熟悉的社會運動，是否能夠突破熟悉的輪廓是創作重點。可以看到作者好的技巧，善用很多角色去建構邏輯，但會變成一個很漂亮的習作。題材一定是作者想處理的，但在這個時候需要更小心，因為題材難處理，處理好需要到達一定高度，沒有處理好的話，就是可惜了題材。

吳：抒情但又節制，不煽情，讀起來好像很冷靜，但底層有澎湃的情感。可預測太高了，題材選擇有點太正確，當然內容上我們不會期待說是站在支持政府的立場。

汪：應該要用角色的視角看到不一樣的狀態。就算角色沒辦法處理，但是應該可以讓我們看到經歷這樣過程當中的香港，讓我們可以在事件中體驗到不一樣的狀態。善、德這種邏輯和角色身份，都太可以預期，基本上就是主導了我們現在理解香港運動的認識視角。

〈歸年〉

吳：獨角戲讓人期待高，同時會害怕行不行，但這個劇本以獨角戲來說蠻多變化的。關於女性受苦的歷程大多很類似，可預測性高，會想說除了受苦之外是什麼。其實我對這個作品有很高的評價，但仍會想要多一點東西，除了女性受苦以外，是否還有別的角度看這一切？

汪：敘事和表演性成立，作者能夠想像如何調度和發揮以支持演員的狀態。作者有調度能力，視野也夠大。在處理歷史時空時，場景是安排過的，所有資訊夠讓角色在歷史現場能夠加分，少許訊息就能夠讓角色成立，透過精準的簡單物件或者聲音就能推進，時代轉變因此不是問題。可惜之處在於我們對這樣的角色和敘事是熟悉的，不過好的是我不會特別可憐角色，不是高度通俗的悲劇，敘事一直在推，因此不會沉溺在特定狀態。整體而言，形式有在支持情節進行，處理調度與表演方面都成立。此外也有細節的掌握，例如談到戰爭會有對內的自我反視，不是全部批評侵入者，而是有許多內省，例如中國人吃人的問題，有拉出相對高的歷史意識。

吳：有距離的處理方式，給人不煽情的感覺。雖然年代是十九世紀末期到二十世紀初，但又有普世性，其實在中國以外的地方也會發生，地點變得不重要，但又有中國的特點，是蠻可貴的。

陳：整體感受是劇本偏向流水帳，讓想要講的觀點稀釋掉。獨角戲形式，對觀眾來說也相當考驗耐心，我想像他的創作過程會是找一個人，以這個人的生命歷程選出幾個場景寫出來，但我不確定作者是否有自己的觀點和轉化。作品當中有許多部分是敘事性的功能，真正能夠刺中觀眾的部分是點狀的呈現，而不是在場景內做延展性的呈現，不夠深入。提到許多專有名詞，會讓人不確定細節是否有必要，素材的剪裁處理好像要再考慮必要性。

吳：建成的評論讓我想到「話劇感」，很多細節不一定是要台詞呈現，也許用表演可以過去。大部分是文字來呈現，一直維持高張力狀態，觀眾可能容易累，沒有留白空間。

汪：調度變得很重要。分場快，不用讓觀眾非常進去，我們不用對這個人有很大的共鳴，整個大結構才是重點，要拉出人跟大結構之間形塑牽引的狀態。獨角戲的形式可能會累和膩，但導演可以處理，包括用聲音和人偶，可以讓歷史事件快速帶過，甚至有點荒誕感，就是說我們到底要對這樣的歷史還抱有多大的信任？導演很有空間去發揮，對歷史和國家的反諷都可以操作。對我來說這個劇本就是從人和整個結構當中找到平衡點。

〈尚未抵達紐約〉

汪：好玩的地方在於很俗爛，我喜歡俗爛感。也許是因為有這樣俗爛感，會讓我覺得在劇場中效果會很大。兩個角色處理大部分的情境，用語言建立情境，這個本一直在玩我們對於情境本身的距離。在百無聊賴的情境關係裡，整個關係都很無聊，一直操作這個「百無聊賴」，最後那個無聊如何變成我們的生命狀態，我覺得反而是建立了這個劇本的寫實感。裡面有各式奇怪的類型場景，呼應了那種俗爛，在對於各種類型的認知當中，他用他的類型去說明俗爛。形式和內容達到一定標準與可演性，具有一定層次。

陳：吸引人是中間不同類型場景的段落，與本文有呼應但不是非常直接，會牽扯到「扮演」、「標準」等主題，連結到其中明慧這個角色，關於她的個人，以及扮演所謂一個標準的母親或妻子之間的關係。劇場觀看上具有娛樂性，可以想像那個節奏是好的。劇情上如同俊彥說的，是比較俗爛的故事，有點在反諷明慧這個角色，表面上好像是女強人，看事情的標準是以她為出發點，比方說以為丈夫在外面有女人，但丈夫其實是癌症，帶有反諷。

汪：俗爛到讓人好玩。能夠處理那些俗爛到戲還可以看得下去。

陳：明慧角色很怪，行為有點隨機。例如，她去香港工作三年不聯絡丈夫。

吳：我蠻過不去角色想要維持一段關係，但選擇的方法是離開，而且是三年不聯絡，回來後還想要繼續，讓感情變好。這個邏輯沒有解釋清楚。看的時候不會覺得這件事情奇怪，但到最後結局揭曉會讓人不理解。對於男方的處理方式會想說：癌症有什麼不可以說的嗎？俗爛的點我到很後面才意識到。如果以俗爛的角度去看這齣戲，整齣戲會成立。但一開始沒有看到這個點，就會想要用邏輯去解釋他。

汪：有一點太長，要埋梗可以更精彩，更好玩的話節奏可以更快。不用看似這麼認真，結果後面才是這樣的處理。

〈極樂〉

陳：第一次讀還好，內容在寫臨時工，但在主題企圖上感覺比較隱晦。再讀一次之後，感受到作者寫出了當代社會中某些人「無法行動」的樣態，而這個「無法行動」是受制於整個社會結構。不管是一開始的臨時工，他們找不到工作可能跟經濟有關係，還是後來的疫情，疫情有點像機器神，但確實就是讓他們後來沒辦法工作。後來一個人想要去當城管，另一個人也說要當城管。最後的收尾有一種延展性，讓人去想像某種社會結構，以及社會中的可能的暴力，其實是來自於經濟結構。有人必須去從事施行暴力的工作，但那可能是他們養活自己的方式。看似施加暴力的人，不管是武警、公安還是警察，可能其中有些人都有非常現實的經濟背景，在後面逼著他們，把他們推到那個位置。雖然只有點到為止，但這個劇本非常隱晦且精準地寫出了這個情況。語言使用像是品特，人物之間的對話有張力但沒有特定目的，他們就是找不到工作，生活沒有目的，只能一天到晚說著沒有目的的語言，這一來一往之間的丟接，就是打發時間的方式。語言中的不推進、張力與潛在的暴力，都和劇本主題有相關。劇本對我來說有一點沒完成的感覺，但不追求完成好像也是他要寫的東西，他們的生命就是漂浮在這個社會結構裡，有一種游離感。

汪：蠻喜歡的。像是建成說的，使用了一些像是品特的方式，當然是接地氣的，讀者可以知道人物的生存狀態與社會條件，用帶著隨機感的語言去佈建，不會覺得不對，不會覺得他們硬要說話，或者為作者背書。角色像是遊魂，但是遊魂又可以接到真實的社會空間當中，不會懷疑人物虛假性。劇本讀起來很有戲劇味，會想重複閱讀，不說死，留很多空間，興味很高。不會覺得特別完整，但不完整不會妨礙到喜好。裡面有提到一些動物，動物都有名字，有荒謬感，但好像又是我們可以理解的。這樣的人的存在狀態不是用我們平常的標準：有價值的東西才可以資本化、定義化，才賦予它更完整的條件。裡面的人物會注意到不在秩序規則當中的細節，這個東西很迷人。有一些語言處理得較為特意，但我不會不喜歡。

陳：劇本雖然寫了相對殘酷的現實環境，但裡面的人物帶有某種討生活的想望，蠻動人的。我們也討論到最後，感覺可以稍微對比一下，他是在寫深圳，那其實也接近香港，或者是一個當代的中國。相對於前面關於香港的劇本〈什麼也沒有發生〉從善與惡的角度切入，且偏良善的角度在看，這個劇本的價值觀更不確定、更中性，更社會切片式的，可能有點隨機，但對我來講是更真實。作者觀點隱身在後，最後指涉到可能的暴力與惡的形成，相對於〈奧斯維辛之後〉把社會之惡放大，描繪惡遍佈社會的那種情況，它留了更多空間去思考人與社會條件之間的關係，以及可能的惡的形成。〈什麼也沒有發生〉從「善」出發，〈奧斯維辛之後〉從「惡」出發，〈極樂〉則在善與惡之間取得了平衡。

汪：〈奧斯維辛之後〉的角色太刻板，都是原型人物。〈極樂〉的角色不會刻板。我們對於這些角色可能有大量媒體給予的印象和認識，但居然可以繼續讀下去，相較之下突破了香港的那個劇本的限制。與〈奧斯維辛之後〉比較之下，在處理社會問題上，結構處理比較好，更節制。沒有畫一個大框，反而是收進來的。

吳：角色真實到有點殘忍。切片式的段落，讓火力集中。沒選它的原因是因為後半段氣氛和前面不太一樣，沒有結尾感，而是用了機器神。前後風格有點落差，但還是喜歡的，是一個腳踏實地的劇本。

第二輪投票

所有獲得一票以上的作品討論完畢。共有十篇作品進入第二輪投票。最高分五分，最低分一分。

結果依得分高低排序如下：

〈極樂〉：15分（汪俊彥五分、吳明倫五分、陳建成五分）

〈奧斯維辛之後〉：8分（汪俊彥二分、吳明倫二分、陳建成四分）

〈歸年〉：8分（汪俊彥三分、吳明倫四分、陳建成一分）

〈什麼也沒有發生〉：6分（吳明倫三分、陳建成三分）

〈從天上掉下來ㄉ〉：5分（汪俊彥四分、吳明倫一分）

〈尚未抵達紐約〉：3分（汪俊彥一分、陳建成二分）

第二輪討論

陳：我會從編劇的當代感為出發點來思考。在閱讀〈奧斯維辛之後〉的時候，可以感受到作者有描繪當代社會的企圖，而〈歸年〉則更像展示了時代捲軸。就編劇技巧來看，從〈奧斯維辛之後〉可看出熟練的技巧以及作者的企圖，他的素材處理與完成度我認為比〈歸年〉還要大。〈歸年〉可以想像是基於很多歷史素材的收集，以傳記式的場景鋪排來呈現。相對來說〈奧斯維辛之後〉需要的思考縝密度比較高，基於對當代社會描摹的企圖，我會更願意支持這個劇本。

吳：大倒戈，覺得〈極樂〉更有特質。〈奧斯維辛之後〉和〈歸年〉各自有問題，因此哪一個是評審獎我都可以，沒有意見。其實〈歸年〉原本是我的第一名，但他也是有一個不能忽略的缺陷，但相對是可容忍了。

汪：我覺得一二名之間差距是大的，我是給〈歸年〉3分，換句話說，我覺得是和〈奧斯維辛之後〉有差別的。

吳：還是要把第五名也算進去？

陳：排名後面的劇本也有各自的問題。

汪：如果要以三位決審的共識作為給獎標準的話，我會建議優選取兩個。

經討論後的結論為選出首獎〈極樂〉，以及兩個優選獎〈奧斯維辛之後〉與〈歸年〉，評審獎從缺。會議圓滿結束。

首獎劇本〈極樂〉

劇作家簡介

鄒景峰

澳門人；畢業於英國格拉斯哥大學編劇及戲劇構作碩士；現為英語教師及編劇；編劇作品《破浪》曾獲邀參加香港《編劇工場》讀劇演出；最近作品包括《潛在課程》（編劇）和《九聲》（戲劇構作）等。

〈極樂〉

人物

劉鵬　三十幾歲
宋勇　二十幾歲
陳叔　四十幾歲
金水　二十幾歲
中介　二十幾歲
網吧老闆　二十幾歲

地點

三和人力資源公司門口
景樂新村

時間

第一幕　二〇二〇年初的某天
第二幕　當天晚上
第三幕　第二天
第四幕　幾天後的一個凌晨
第五幕　一星期後

備註

「—」表示打斷
對白之間的「，」表示稍頓，時間長短視乎情況
「/」表示下句對白與此符號之後部份重疊

1．三和人力資源公司門口

（劉鵬拿著瓶啤酒和一些行李，宋勇提著個紅色水桶還有其他行李。）

宋勇：這麼多人啊？

劉鵬：以後這兒會越來越多人的。

宋勇：你說得是，多謝你啊。

劉鵬：二十塊。

宋勇：吓？

劉鵬：那麼遠幫你提過來。

宋勇：還以為你好心幫忙呢。

（宋勇拿錢給劉鵬。）

劉鵬：人間淨土啊。

，

宋勇：吓？

劉鵬：這地方真是一片人間淨土啊。

，

宋勇：這話怎麼說？

劉鵬：人來人往，走了又要回來，回來了又要離開，
明明這些人可以走掉，但他們偏要留在這裡。

宋勇：這裡……好像還挺不錯的啊。

劉鵬：何止不錯，是挺好的，我都不想那麼快離開。

宋勇：那你打算什麼時候走啊？

劉鵬：還……還沒想好。我覺得現在不是時候。

宋勇：那要等到什麼時候啊？

劉鵬：不知道啊。再說吧，可能過段時間就知道了。

（宋勇放下行李，劉鵬打量了他一下。）

你會不會留在這裡啊？

宋勇：你說留這裡？

劉鵬：留下來，結婚生子，塵埃落定。

宋勇：你別開玩笑了，怎麼會有打工仔留在這裡呢？

劉鵬：所以你就是在這裡打工的。

宋勇：我遲早都要走。

劉鵬：那你打算去哪？

宋勇：不知道啊。等賺夠了錢，可能就回鄉下過日
子吧。回去買套房，結婚生子。

（劉鵬點頭。）

劉鵬：結婚生子。

宋勇：你在喝什麼？

，

劉鵬：大青，你要不要來一口？

（劉鵬向宋勇遞上那支酒。）

宋勇：我好少喝酒。
（劉鵬要回酒，自己飲。）
明天我想找份日結工做做。
劉鵬：你不是剛來，不用再歇會兒嗎？
宋勇：應該是休夠了。
劉鵬：你還記得最近一次上班是什麼時候嗎？
宋勇：這誰還記得。
，
劉鵬：你知不知道這裡的規矩啊？
，
宋勇：有什麼規矩？
劉鵬：做一休三，懂不懂？上一天班，要玩夠三天。
時間必須好好用起來。
，
你有沒有看到對面那個大哥？穿灰色衣服黑色褲子那個……叫文輝，啊對對，我想起來了，叫阿輝。他以前在三聯路那個工地做事，就那個蓋兩年還蓋到爛尾的樓盤。其實那邊環境不差，地方空曠，空氣又算不上混濁，

旁邊還有政府搞的花草樹木，什麼木棉啊、鳳凰樹啊、還有什麼黃花風梨木，一邊幹活一邊欣賞自然風景，真是一大樂趣。但問題是，你是沒可能在這裡一邊做事一邊欣賞樹木的，尤其是文輝這種出身農村的留守兒童，做事都任勞任怨，有可能他手頭有點緊，就什麼活都幹，又搬磚、又擔泥又挑貨，做多了就出事了。
，
你見沒見過工地上的釘子？一般他們會用兩寸或者五寸的釘。如果看到地上有釘，這活你還敢不敢做？其實兩寸的釘都是小意思，不用管他，看到一腳踢開就行了。
，
五寸的就更不用說，直接繞過去，從它前面直接走過去，誰踩到誰眼瞎。
，
但有種釘子不一樣，是三寸長的，特別硬，而且上面還有發黃的鐵銹。文輝有一回搬磚的時候沒注意，就一腳踩了上去。

（宋勇發出痛苦的聲音。）

你覺得痛是吧？那個釘直接插過他那雙破鞋，搞到整隻腳都是血。他痛得要命，一瘸一拐走去找工頭說理。工頭知道這件事之後，第一句不是關心他痛不痛，而是反問他你這隻鞋怎麼那麼容易就被搞穿窿？

，

宋勇：後來怎麼樣了？

劉鵬：你說那雙鞋？重新買過一對咯。

宋勇：不是，我說阿輝。

劉鵬：文輝。

宋勇：文輝。最後他怎麼辦了？

劉鵬：搞了一大圈都沒說法，他鬧到說要去報警，工頭最後才答應給他一百塊買藥錢。

宋勇：他真是好慘啊。

，

劉鵬：你媽可能會叫你趁年輕多賺幾個錢，但如果我是你媽，我會很擔心你。我不會叫你多賺點，我會叫你注意安全。外面的人都是獅子老虎豺狼，甚至有的人更險惡，你根本想不到那些怪物是怎麼等著吸你的血、扒你的皮。但你不在外面那個世界，你在裡頭。這裡是三和，深圳最寧靜的淨土。

，

我就這麼跟你講，我這人說話比較直，這裏是一個自由的世界、一個逍遙的世界、一個有選擇的世界。我覺得你肯定也不想讓家裡人擔心。

宋勇：不想……確實不想。

（靜場。宋勇在行李包裡拿出一包煙和一個打火機。他點煙，然後開始抽煙。劉鵬看著他抽煙，看了一陣之後，宋勇向他遞上煙，他看了一眼後，拿過一根煙，並開始抽煙。）

劉鵬：不錯，紅雙喜啊？

宋勇：不曉得，散煙來的，在路口小店隨便買的。

劉鵬：啊你好，我叫劉鵬。

宋勇：鵬哥，你好。

劉鵬：你好你好。

宋勇：我是宋勇。

劉鵬：你哪裡人？

宋勇：我是佛山過來的。

劉鵬：佛山好啊。我老婆都是佛山人。

宋勇：她長什麼樣？

劉鵬：你說什麼？

宋勇：她長什麼樣？

劉鵬：我老婆嗎？她……好靚，好迷人，有對水汪汪的大眼睛、瓜子臉、又高，有時我帶她上街都覺得好自豪，因為街上的人都盯著她看，就好像一班豺狼如飢似渴盯著一隻走丟的小白兔那樣。但我不喜歡這樣，搞到我好不高興。通常遇到這種情況，我都會像獅子一樣，用兇狠的眼神盯到對方把視線移開。你知不知道？你有時一定要這樣，你要生存，你要空間，你要有個地盤，一個讓你安安穩穩生存的空間。

（劉鵬抽完煙，把煙蒂掉在地上，狠狠地一腳踩下去。）

宋勇：（笑）她一定好幸福。

劉鵬：你說誰？

宋勇：你老婆。要我是她，我都會覺得幸福。

，

劉鵬：你為什麼來三和？

，

宋勇：聽說這邊好找工作，就過來看下。

，

劉鵬：你之前做什麼的？

宋勇：在一間黑廠做事，想換個環境。

劉鵬：我操。又是黑廠。我都做過，做了好一陣。

（宋勇笑了一笑，把煙蒂掉在地上。劉鵬把啤酒瓶扔到場外。）

宋勇：操，操他媽的。

劉鵬：你幹什麼？

宋勇：裝手機啊。

劉鵬：哦……裝手機。蘋果手機？

宋勇：是啊，蘋果。

劉鵬：你用過沒？

宋勇：沒用過，用不起啊。

劉鵬：我在這裡做事的時候，周圍連網絡都沒有，哪像你現在那麼幸福。

宋勇：你是說無線上網嗎？

劉鵬：不是啊。我說大樓外面一圈一圈的那個鐵網……

宋勇：哦！那是防自殺網。

劉鵬：就是那個。我在這裡做工的時候都還沒有，不像你們那麼幸福。我有個工友就從這裡跳下去了，死的時候比你還年輕，才十九歲。十九歲啊我操……他叫陳亮，是我的老鄉，性格好開朗，又長得帥。想不到，真是想不到……

，

我還說等放假的時候請他吃飯喝酒叫雞……

，

沒機會了……沒機會了。

宋勇：真是可惜啊。

（劉鵬伸出手，向宋勇示意多要一根煙，宋勇給他，為他點煙，他自己也抽一根。）

劉鵬：他們想要的不是人，想要一群蜜蜂。人和蜜蜂有什麼區別啊？

，

人和蜜蜂，差別就在於蜜蜂不會自殺，還有還有，人可以選擇自己的生活方式，人就是萬物的尺度。你猜他們想要什麼？務實、自律、有奉獻精神……這些就是他們想要的品質。

，

（劉鵬立正敬禮。）

向蜜蜂致敬。

宋勇：（立正）向蜜蜂致敬。

劉鵬：向人民致敬。

宋勇：向人民致敬。

劉鵬：向人民幣致敬。

宋勇：向人民幣致敬。

，

宋勇：對了鵬哥，我剛到這裡，身上沒剩多少錢，你知不知道哪裡有地方住啊？

劉鵬：這你算是問對人了，這裡就是我的地盤，我在這裡待了那麼多年，沒人比我更熟這一帶。我帶你去景樂新村，那邊什麼樣的房都有，任君挑選。便宜的有，貴的也有。你想要便宜點的還是條件好點的？
宋勇：我初來乍到，身上沒幾個錢。
劉鵬：沒關係，等下我帶你去十五塊的掛逼房。你
好好休息一下，別想著工作工作。
宋勇：那就麻煩鵬哥給我帶路了。
劉鵬：不用客氣。最重要的是好好休息。
（宋勇點頭，劉鵬抽完煙後，躺在地上。）
，
今日是幾號？現在是白天還是晚上？
，
如果今日是星期一，那明天就是星期二，後
天就是星期三……
，
如果休息完三天的話，就要開工了。但如果
覺得還沒躺夠，可以繼續休息。
，
（伸懶腰）以天為被，以地為床。
宋勇：鵬哥，你們晚上就這麼睡覺嗎？
劉鵬：晚上？不會不會。

宋勇：你晚上睡哪裡？
劉鵬：我不會睡這裡，我怎麼可能睡這裡？
，
我怎麼會睡這種污糟的地方呢？
宋勇：那你晚上在哪邊睡？
劉鵬：大樹那邊。
宋勇：大樹？
（劉鵬依然躺著，指示一個方向。）
劉鵬：那邊。大樹那邊好睡好多，又不怕被人趕。
，
你知道嗎，大樹其實是我的好朋友，我從它
身上學來不少東西。有次我下班之後覺得好
煩，就約朋友去喝酒，其中有個人叫大強，
但是沒人知道他到底叫什麼，我只知道他好
像打不死一樣，所以都叫他大強，但他這個
人又高高壯壯的，叫他小強又好像低估了他，
所以我們都喊他大強。他做事好勤快，連著
加幾個小時班都毫無怨言。就算賺得少，他
都會存起來，說以防不時之需。

，

但那天晚上不知道為什麼他喝了好多酒，比平時多喝好多，我問他老朋友阿妥怎麼了，畢竟平時看他好正常一點事都沒有。就這樣，他喝得越來越多，越來越多，喝到……喝到後來都起不來了。

，

我從醫院走到大樹那裡的時候，一個人想著，我在那裡想到我自己，又或者阿妥會不會有一天像阿強一樣？

，

於是，於是我好像漸漸領悟到了什麼，然後就來到了這裡。

（宋勇看了看他指的那個方向，有些感到疑惑。）

，

你不休息下？

宋勇：現在天光亮，我休息不到。

（劉鵬站起來。）

劉鵬：講什麼鬼話，你說你休息不到？

宋勇：我想休息，但要把事情做完，賺夠錢，才有底氣休息。

，

（劉鵬點點頭。一名中介上。）

中介：你是不是要找工作啊？

劉鵬：（緊張地）什麼工啊？

中介：日結工啊，12塊一個鐘，14塊的都有。

劉鵬：14塊做什麼的？

中介：做貨車卸貨工，你做過嗎？

（中介展示手機。）

看，就跟視頻裡演的一樣，好簡單的。

宋勇：看樣子好辛苦啊。

劉鵬：要做幾個鐘啊？

中介：一般來說做8個鐘，實際要看公司的安排。

劉鵬：最快什麼時候可以上班？

中介：明天就可以。

2．一間簡陋的房間

宋勇：你不覺得房間有股味道嗎？
劉鵬：你都住掛逼房了，還要嫌三嫌四？
，
你來到這裡要慢慢習慣，要準備好住掛逼房，
吃掛逼麵，喝掛逼水。
宋勇：但這間掛逼房好像比我以前的宿舍還要臭。
劉鵬：是嗎？這和一般的掛逼房沒什麼差別。
宋勇：這間不是人多一點嗎？
劉鵬：現在還不算人多，等下會更多人啊。
，
（宋勇周圍視察。）
宋勇：這間房要住多少人啊？
，
好像這間房有小蟲子。
劉鵬：春節快到了，好多人都想多幹幾天活，多賺
點錢回老家。
宋勇：這是蟲子還是蜈蚣啊。

劉鵬：別碰我的朋友們啊。
，
我都好久沒有回過老家了。
，
宋勇：你的家裡人呢？
，
劉鵬：來了這裡，就不會再回去。
，
宋勇：你老婆呢？
，
（劉鵬開始飲啤酒。）
劉鵬：爽！
宋勇：不如你睡下鋪。
劉鵬：你不想聊天嗎？
宋勇：聊什麼？
劉鵬：最近身體怎麼樣、生活得好不好、和女朋友
相處得怎樣……諸如此類的。
宋勇：和你聊？
劉鵬：你現在不是在和我聊天嗎？

宋勇：我是在和你聊天啊。

劉鵬：那你這個逼在講什麼逼話？

，

你想不想啊？

宋勇：想什麼啊？

劉鵬：聊天啊。

宋勇：和誰聊天啊？

劉鵬：茂叔和豪仔啊。

宋勇：那又是誰啊？

劉鵬：你剛才手指指到的那兩個啊。

，

宋勇：你說那條蟲和那個蜈蚣？

劉鵬：他們有名字的啊！

（大叫）茂叔！豪仔！你們要去哪裡啊？

，

你看看你，你看看你。

宋勇：幹什麼啊？

劉鵬：你嚇到他們跑走了。

，

宋勇：對不起。

劉鵬：啥？你說什麼？

宋勇：對不起啊。

，

劉鵬：算啦。

，

但是你要賠罪啊。

宋勇：賠……賠罪？

劉鵬：你要陪我聊天。

宋勇：我問你，你從哪裡來的？

劉鵬：我們來聊點別的。

宋勇：那你老婆去哪裡了啊？

劉鵬：聊點別的。

宋勇：那你—

劉鵬：等下等下，你剛才在街口買散煙的時候，好

像把手伸到貨架去了。

，

有什麼啊？麵包嗎？

宋勇：沒……沒摸到東西哦。

劉鵬：雖然我跟王老闆很熟，他時不時也會賒數給我，但是不要誤會，我現在不是想做聖人。

，

規範這種東西，有時可以用在這個世界，但是未必可以用在另外一個世界。

，

就比如說，有的人喜歡做一休三，但有的人喜歡休個四五天；還有人喜歡做六天再休一天。重點不是你打算做幾天工，而是你有選擇，當你選好之後，就要做。

宋勇：是方便麵，我拿了包方便麵。

，

劉鵬：什麼口味的？

宋勇：雞肉味。

劉鵬：非常好，我對海鮮過敏。

（劉鵬伸出手，宋勇從背包內拿出一包公仔麵給他。）

宋勇：一人一半？

（劉鵬看了他一眼後，不發一語，拿著公仔麵去廚房。）

（靜場。）

（宋勇拿出手機，看了一眼屏幕，聽了一會，然後對著手機說語音。）

媽，我剛才在外面上班，在上班啊……不用擔心我，我在外面上班……現在吃完飯，等下又要繼續開工……這裡吃的都挺好，不用擔心會餓到我。今天有肉片炒菜心，還有西紅柿炒蛋……菜心都好爽脆，番茄也新鮮汁水多，我都忍不住多吃兩碗飯了……

，

（他聽語音後，繼續說）不辛苦的，不辛苦，好容易做的，就把零件裝一起就好了。

，

（他聽語音後，繼續說）得喇，得喇，我賺到錢之後就請你吃大餐。

，

（他聽語音後，繼續說）好好啊，同事都對我好好啊，我們都好談得來，他們還說要請我吃飯。

，

不用擔心我那麼多。

，

我要做事了，不聊了。

（宋勇看著手機，再打了一會字。靜場。）

（劉鵬拿著兩碗麵回來。兩人坐在一起吃麵。）

劉鵬：和誰打電話啊？

宋勇：我媽。

劉鵬：講了什麼？

宋勇：講點上班的事。

劉鵬：她知不知道你現在的情況？

，

宋勇：我沒有跟她講。

，

劉鵬：她不會覺得奇怪嗎？

，

宋勇：她以為我還在工廠做事。

，

劉鵬：你為什麼要出來？

，

宋勇：你有沒有試過失眠？我說的不是那種全身痛痛到睡不著的失眠，我室友李強就是那樣，而是那種明明生活好簡單但是總有很多事情想東想西的那種失眠，是一種好難恢復的失眠。真是煩得要死。

，

我會躺在那裡想，我到底是什麼，我要怎樣生活，我要去哪裡，類似這種問題。當然還有很多古靈精怪的問題，就像地球幾時會玩完，或者人死了要去哪裡……類似這種問題。

，

我不知道我這樣想有沒有問題，不過我覺得我好奇怪，因為好像只有我會有那麼多問題。我從來都沒有聽過其他人問這種問題，就是……你都可以這麼說，其他人也可以在腦海裡問自己這種問題，但是我又不是他們，又怎麼會知道他們在想些什麼。

，

有時候夜裡一片漆黑，個個都去睡覺的時候，我就開始失眠。我就一個人坐在床頭，點起支煙，然後一個人想下這種問題。我知道這樣做後果好嚴重，我可能會上班的時候打瞌睡被人發現，甚至可能有意外發生；但我又不能阻止自己這麼想，因為當我發現自己嚴重睡不夠，感覺快死的時候，就發現這個時間是我最清醒的時候。

（靜場。）

劉鵬：你真是個問題青年啊。今天我在街上看到一個面黃肌瘦皮包骨的後生仔，他提著行李剛剛來到這個地方，我出於好心走過去幫他拿行李，然後帶他去找工作。他說看我那麼好心，所以給了點錢給我，我一開始說用不著，但是看他那麼堅決，我都不好意思推託。

，

能夠遇到這個年輕人我真是好高興，因為他已經死了，我見到他的時候他已經死了。

宋勇：如果我死了，就是說，其實你也死了。

劉鵬：就是說其實你。

宋勇：和我。

劉鵬：都已經死了了。

，

（唱）人生啊在世……必須死一次……是了死一次……方可活下來……

宋勇：（唱）選擇的方式……會有很多個……

劉鵬：（唱）有人跳了下來……也有人吊了頸……

宋勇：（唱）是否有下世……你我也不知……

劉鵬：（唱）但願離俗世……相約到彼方……

（靜場。）

宋勇：味道怎樣？

劉鵬：有點鹹。

宋勇：我還在回味飯堂的菜啊。

劉鵬：那你下次要吃飽一點啦。

，

宋勇：不是說做事就做八個鐘頭嗎？

劉鵬：這只是個虛數，有時候要做十個小時甚至十幾個小時，看情況吧。

宋勇：今天的情況看起來挺嚴重的。

（他們吃完麵。劉鵬示意宋勇坐在他旁邊，宋勇坐了過去，劉鵬為宋按摩背部。）

多謝。

（宋勇拿起手機看。）

我們明天要不要上班？

劉鵬：我們明天休息。

，

宋勇：後天要上班嗎。

，

劉鵬：後天也休息。

宋勇：那如果我不想休息呢？

，

如果網上有人找你拍紀錄片，你會不會去？

（劉鵬停止按摩。）

劉鵬：什麼紀錄片啊，《舌尖上的中國》啊？

宋勇：不是。

劉鵬：那我不去。

宋勇：但是—

劉鵬：但是啥？

宋勇：有錢收啊。

，

劉鵬：幾多錢？

宋勇：不知道，你覺得你值幾多錢？

，

劉鵬：你覺得呢？

，

不如我這麼問，你覺得你值多少錢？

，

宋勇：不知道，要問下他才知道。

劉鵬：「他」是誰？

宋勇：他說要拍點東西。

劉鵬：他要拍什麼？

宋勇：他要拍這裡的生活。

劉鵬：他說要拍這裡的性生活？

，

宋勇：他沒說要拍這裡的性生活。

劉鵬：最好問清楚價錢先。

宋勇：最好問清楚價錢先。

，

但是—

劉鵬：但是什麼？
宋勇：但是如果他要拍這裡的性生活呢？
劉鵬：這個問題好玄乎啊。
，
首先，這是一個假設性的問題，在我們沒有問清楚
他之前，是不知道這件事是真是假的。
宋勇：是啊。
劉鵬：其次就是，他不用拍當然沒問題啦，但如果
他要拍的話……
宋勇：又怎樣呢？
劉鵬：如果他要拍的話，你有沒有性生活啊？
宋勇：上年我和女朋友分手了。
劉鵬：為什麼要分開？
宋勇：因為我上班打遊戲。
，
劉鵬：言歸正傳先。就是說你沒有性生活。
宋勇：那你呢？
劉鵬：那我就不需要回答這個假設性的問題啦。
宋勇：我們怎樣才能回答這條問題呢？

劉鵬：那就要親口問導演才知道啦。
宋勇：那要怎樣才可以親口問他？
劉鵬：明天約他出來聊聊。
宋勇：明天不是要休息嗎？
，
劉鵬：我們可以一邊休息一邊聊。
，
宋勇：一邊休息一邊聊……那這樣我們算不算在做工？
劉鵬：我們在休息。
宋勇：但是我們要跟他聊天啊。
（靜場一會。劉鵬突然打了宋勇一拳，或幾拳，
宋勇大叫。）
劉鵬：你可不可以不要問那麼多問題啊？
，
宋勇：對不起。
，
劉鵬：你知不知道現在是什麼時候？
宋勇：是什麼時候啊？
劉鵬：現在是睡覺的時候。

（劉鵬去關燈，燈暗。過了一會。）

宋勇：我們明天真的不用上班？

3．雙豐麵館

（陳叔在為金水煮麵。）

金水：十年沒有加過價？

陳叔：十年喇，時間過得真是快。

金水：怕不怕回不了本啊？

陳叔：薄利多銷，我都是做熟客生意的。

金水：都是這裡的人？

陳叔：都是三和的人。

金水：平時人多不多？

陳叔：哈，三和的人，誰不知道雙豐麵館啊。他們早上來這裡吃早餐，中午來這裡吃午飯，晚上……有可能在做工的地方吃晚飯。總之一餓就過來吃東西，這裡可以算得上是他們的飯堂。

金水：他們早上一般吃什麼？

陳叔：噢，他們一般都不吃早餐，我只是這麼說而已。

金水：這樣好像不太健康啊。

陳叔：休息的時候……我猜你肯定也試過啦，不用上班上學的時候，就可以睡晚一點。有時候睡到下午五六點，都分不清是白天還是晚上。你喜不喜歡睡覺啊？

金水：還好……還好……

陳叔：等下叫他帶你去大樹下面睡覺。

金水：陳叔，你有沒有小孩啊？

陳叔：有，我有個兒子。

金水：他多大了啊？

陳叔：他跟你差不多大。

金水：那就是還在讀大學了？

陳叔：明年畢業嚕。

金水：那你就熬出頭了啊。
陳叔：還早得了。
，
現在連爸爸都給忘了……
，
金水：他有沒有說什麼時候結婚啊？
陳叔：結婚？連女朋友都還沒有呢。
金水：他有沒有說打算生幾個小孩？
陳叔：（笑）你好像比我還著急的樣子。
金水：那當然啦，這是國家大事。
陳叔：有那麼嚴重嗎？
金水：他讀什麼專業的？
陳叔：好像是文化……不知道是不是文創之類等東西。不過這算得上什麼專業啊，又不是讀醫，又不是讀法律，個個讀完四年出來都差不多。
金水：創業？創業挺好的，現在大灣區不是大力發展這一塊嗎？我表哥都在創業，上個月他還問我畢業之後有沒有興趣去他那裡做事。
陳叔：來，肉絲麵。

（陳叔把麵端到金水的桌上。金水開始食麵。）
金水：為什麼有蛋啊？
陳叔：我給你加的。
金水：怎麼稱呼你啊？
陳叔：你叫我陳叔就好啦。
金水：我叫做金水啊。
陳叔：哦，金水你好。
金水：陳叔你真是客氣。
（陳叔微笑，揮手表示不用客氣。）
陳叔：雖然這間舖小小的，但都算是我的心血，我對這裡的每張桌每張凳都有感情，和這裡的客人也好相熟。
，
我本來有個心願，就是當我幫這裡的所有人都找到工作之後，我就退休，讓我兒子來接手這間店。
，
這個心願不好實現啊。
，
不過算啦，我下個月就回老家嚕。
，

鄉下有什麼好，就是接近大自然，小孩子都沒東西玩。不像現在這些小孩，三四歲就拿著個平板電腦。志強……就是我兒子……小時候我都會帶他回鄉下去，你知道啊，每到春節都要回去拜個年。/姨媽姑姐叔伯表兄弟姊妹……

金水：你炒的肉絲好像有點……太爛了。

陳叔：啥？你說什麼？

金水：/陳叔我相信你的經驗，我信你啦。

陳叔：那些小孩沒東西可玩，都在山上走來走去，看看牛又看看豬，玩玩泥巴什麼的。誰知道志強說他不想出去玩，我就問他，為什麼你不想出去玩啊？是不是表哥又打你啊？他說不是。我又問了一次，你為什麼不想出去玩啊？是不是你表姐又扯你雞雞啊？他說不是，被人打，被人扯雞雞都不算事。我再問了一回，那你為什麼不想出去玩啊？他說，他怕出去回踩到牛屎。我告訴他，你看到牛屎避開不就行了嗎，沒人叫你非要踩下去。然後他說，滿大街都是牛屎，避都避不開。

，

從那之後，我就覺得我這個小孩特別挑剔，更覺得他有種高人一等的感覺。

，

但是，在我的督促之下，/他必須要接手這間麵館。

金水：我不是說你把豬肉煮得太爛了。只不過可能是……可能是豬的生長環境多少有點問題，或者這麼說，好多豬的生長環境多多少少都有點問題。

，

最重要的是，他們都不喜歡悶悶的。

，

不用被困住的豬都好幸福。不是所有豬都可以那麼幸福在田裡逛下，或者去村裡走來走去。得閒吃下潲水……曬曬太陽……甚至跟人類玩一玩。大部分的豬差不多一輩子都被困在豬欄裡，空間有限，估計跟你家的廁所差不多大。

，

但是……但是依然有不少豬會在這個狹小的空間裡努力動動，甚至是唱唱歌、跳跳舞。

我的意思是，下次你進貨的時候，可以同老闆提下建議，讓他的豬多活動一下，這樣肉質會比較結實，顧客吃起來口感比較好。

陳叔：那這些韭菜還可以嗎？

金水：挺好，韭菜倒沒什麼問題。

陳叔：那那些蛋呢？

金水：我吃完了，多謝你。

（陳叔收拾餐桌，邊收拾邊仔細看看金水的樣子。）

陳叔：你知不知道？我是見過世面的人。

我第一眼見你，就知道你不是這裡的。

看你戴副眼鏡，樣子斯斯文文，整個人和這裡的感覺就不太一樣。

金水：這裡的人有什麼不同？

他們／會不會隨地瀨尿？

陳叔：（淺笑）他們不會怎樣亂來的。

（靜場。）

我知道，你第一次來這裡，可能有點不習慣。

放輕鬆。不過不要被你媽知道，不然她可能會擔心你。

金水：我沒有告訴她我來了。

陳叔：那你媽在家裡就放心好多。

對了，你的工具準備好了沒？

（金水展示手上的袋。）

他們沒有工具啊。他們和我們一模一樣，但是他們需要助手，需要像你這樣人幫下忙。

他們來這裡是有原因的，你看下這間舖面，你看下門口的照片，你看下這張桌子，你看下我的年紀。

整件事都是有它的原因的。

，

你連工具都準備好了，就知你是專業人士。不要讓你的老師失望，不要讓你媽失望，不要讓他失望。

(金水看著他，靜場。)

金水：他遲到了。

陳叔：你約他幾點見面啊？

金水：1點，現在1點04分。

陳叔：他去上班了，不過都應該要收工了。

(靜場了一會，然後金水檢查他的裝備。)

你要不要試下豆漿啊，我們的豆漿都是當天現磨的，不像隔壁漢記，隔夜都照賣。

，

豆漿喎，熱豆漿喎。真的不試一下？

，

有沒有去街口逛過？那邊有隻三色貓叫豹哥。

，

三色貓喎，豹哥喎。

，

(金水拿出筆記簿寫點東西。)

金水：還有呢？

陳叔：炸油條，好香的炸油條，你要不要來一條？

，

金水：那我要杯豆漿。

陳叔：好的，馬上來。

(陳叔準備豆漿，金水仍然在寫作。)

金水：不好意思，我要把這些都記下來。

陳叔：你第一次採訪是怎樣的？

金水：第一次？

，

那次，是一個學校報告。我們組要去一個辦公室做訪問，然後我們竟然……我都不知道要怎樣跟你講這件事，因為想起來都覺得好好笑。

，

我們要做一個關於職場直男的訪問，我們一早就找好了資料，寫好了大綱……誰知道去了才發覺到，原來……原來我們對這個主題陳叔：你對今次的主題有沒興趣啊？

，

金水：我在網上見到三和大神的經歷，包括他們的工作和生活，還看了一個日本人拍的紀錄片，於是我對這群人好有興趣。聽說有個編劇還想要把他們的故事寫成舞台劇。

，

話說陳叔，你在鄉下會不會見到羊啊？

陳叔：牛成日見到，羊就少一點。

金水：我有時候去牧場，都好喜歡盯著那些羊。

，

他們說那你肯定很喜歡毛公仔。我說不是，不是，真的不是……我三歲之後就沒在再玩過毛公仔了。我看的不是他們的毛，而是他們的行為。

，

你都知道，羊是群居動物，他們一般都不會離群，更不會離開媽咪的懷抱。

，

一點興趣都沒有，一點都沒有。

，

研究直男？有什麼值得研究？

，

就如空氣一樣存在的東西又怎麼有值得研究的價值？

，

研究同志感覺有趣點，但是直男就沒什麼好研究。陳叔結了婚，孩子都這麼大了，但是如果你現在跟我說你是同志，那我反而對你好有興趣。

，

不過……不過為了拿分，我們只能硬著頭皮做下去，結果做出來的東西就好像一坨屎。

，

不合格。

（陳叔給金水送上豆漿，但是他沒有飲。）

陳叔：那你這次呢？

金水：希望不會不合格啦。

我說的那種羊呢，就是還在吃奶的羊仔啊，他們覓食能力好差，更不要說野外生存的能力，一旦離群之後會怎麼樣呢？

，

陳叔：會怎樣啊？

金水：他們不是走丟就是餓死。我真正想知道的是，到底為什麼他們會離開大隊。

，

陳叔：那其他羊知不知道？

金水：知不知道會餓死？

陳叔：知不知道那隻羊死掉了？

金水：我不知道他們知不知道。

陳叔：他們可能知道。

金水：他們大多數不知道。

陳叔：你真知道他們知不知道？

金水：我知道他們不知道。

陳叔：你怎麼知道他們不知道？

金水：因為……因為他們已經走了，他們走了之後，就不會再理會那些離開大隊的羊群，走去一個好遠好遠的地方。

，

一個有更多草可以給他們吃的地方。

（靜場。）

陳叔：你真是個偷窺狂！

金水：沒沒沒，我只是正巧看到。

陳叔：金水。

金水：嗯？

陳叔：你就一個仆街，真是個人渣、禽獸。

，

你就站在旁邊看著他死，看著他的毛慢慢掉光，看著他的屍體慢慢腐爛，然後他的骨頭就深深地埋在泥土裡，就好像什麼都沒有發生過一樣。

，

金水：喂喂喂，陳叔，你好像講得好嚴重一樣。本來我都不想再提了，但是我可以再跟你講一件事。我有個朋友，叫做阿麗，她長得好漂亮，又心地善良。她家裡養了隻貓，她還是個素食主義者，很嚴格的那種，她試過逼家裡的貓吃齋，你說好笑不好笑？正常人一想就知道沒可能。因為……因為動物本來就有它獵食的本能嘛。結果她最後太生氣了，一怒之下把那隻貓煮來吃，她還問我要不要試一下。我還沒吃過貓，不知道是什麼味道。

，

陳叔，你有沒有試過逼豹哥食齋？

（靜場。金水看了下錶。）

陳叔：你要見的人，其中一個叫劉鵬，我好久之前已經認識他了，算起來都有五六年。但是那段時間，他始終都單身。我跟他說，差不多四十歲啦，都是時候找個對象啦。但是他說這段時間要休息，不願意去想其他事。我問他，是你不想找還是你找不到啊？你都在這裡呆那麼久了，是時候出去啦。他說，這裡是一片淨土，來了這裡就不想出去。

，

有一天有個五十幾歲穿著紅色裙子的靚女來這邊，說有好緊要的事要找他。我問，什麼事？她說她有了劉鵬的骨肉，要讓他負責。我好好奇，我問，你不是出來賣的，不是有做安全措施嗎？她說那晚叫了他一聲……叫了他一聲「老公」，然後他就……就射到裡面去了，射到好裡面好裡面去了。

，

金水：他明明說他一收工就過來啊。

（陳叔看著金水一會，金水沒有理會他，而是用很慢的動作扭開裝著豆漿的樽，然後慢慢品嘗豆漿。陳叔繼續看著他，直到他把豆漿喝完。）

4．網吧

（劉鵬和宋勇在專心打機，金水在旁用攝錄機拍攝。）

金水：你們平時休息的時候會做什麼？

宋勇：就像現在這樣，打下遊戲咯。

金水：還有呢？

宋勇：還有？沒啦。

金水：那你覺得怎樣？

宋勇：什麼怎樣？

金水：（對劉鵬）那你呢？

劉鵬：覺得怎樣？挺好啊。

金水：你覺得挺好。

劉鵬：挺好，挺好。

宋勇：好滿足。

劉鵬：我好喜歡網上的生活，上面什麼都有。

宋勇：算是找到一種……

劉鵬：慰藉？

宋勇：是，一種慰藉。

劉鵬：我的要求不高，平時沒事，過來打下機，上下網就已經很好了。

宋勇：我們會在這裡過夜。

金水：就這樣打機打通宵？

劉鵬：不是。

宋勇：不是，我們會睡覺。

劉鵬：沒錢住賓館的時候我們會在這裡睡覺。

金水：怕不怕不舒服啊？

宋勇：有一點/不舒服。

劉鵬：我不覺得有什麼不舒服喎。

，

金水：那你們怎麼賺錢啊？

宋勇：去三和那邊囉。

金水：那邊那些中介公司？

宋勇：是。

金水：你會不會不適應啊？

宋勇：一開始可能不適應，但是慢慢習慣了。

金水：（對劉鵬）那你呢？

（劉鵬沒理會金水，吹了一會口哨，吹著吹著，吹出了一首旋律，然後宋勇也跟著他吹了一會。）

宋勇：我明天才上班。要上班先有底氣。你不用去上班咩？

劉鵬：我明天休息。

宋勇：我明天上班，他休息。

劉鵬：我休息，他上班。

金水：你們就甘心吃這個……掛逼麵，喝掛逼水，
住掛逼房嗎？
劉鵬：這幾個字從你嘴裡講出來感覺特別好聽。
宋勇：是囉。好有親切感啊。
劉鵬：可不可以多講一次啊？
（金水不想理會他們。）
喂，不要這樣，多講一次吧。
宋勇：是呀，多講一次吧。
劉鵬：不要那麼掃興啦。
，
金水：掛逼麵，掛逼水，掛逼房——
劉鵬：想不想試下啊？
，
真不想試下？
，
金水：你們一般上班要上幾個鐘？
宋勇：不知道。
劉鵬：看情況。
宋勇：看工作單位安排。
，

金水：那你們以後打算怎樣？
，
你們家裡人知不知道你們在這裡？
，
你們家裡人知不知道你們在這裡？
宋勇：我沒有跟他們講。
劉鵬：我老婆不知道。
金水：為什麼不跟他們講？
，
宋勇：我不想他們擔心。
金水：那你過年的時候會不會回家啊？
，
宋勇：我不想讓他們知道我這個樣子。
劉鵬：不見面都已經那麼擔心了，見面豈不是更
擔心。
宋勇：有時候晚上我會給我媽發微信，她會問我去
了哪裡，吃了什麼，過得怎樣。我會回答她，
我在做工，過得不錯。她不知道我來了三和，
她還以為我在廠裡做事。但是我想改變下，

所以我來了這裡，一個可以讓我輕鬆生活的
淨土。
，
劉鵬：來了這裡，就不會再想出去。
金水：旁邊那條和合街有個張伯，他二十年前初中
沒畢業就從農村來這邊做事。他本來在工廠
做事，現在開了間飯店，叫做「好彩飯店」，
生意都還不錯。他的招牌菜是京都骨和八珍
豆腐煲，/你有沒有去過那邊吃飯？
宋勇：你講的那個張伯，他多少歲？
金水：應該可以做你爹。
劉鵬：如果我早點出世，回到二十年前，不知道可
不可以像他一樣，開間小飯店呢？
，
金水：你想不想開一間飯店？
（靜場。）
宋勇：鵬哥我們不如開一間飯店。
，
鵬哥，我們不如出去啦。

（靜場。）
金水：（放下攝錄機）好，我們先到這裡，接下來
我會問更深入的問題，你們如果覺得不舒服
的話，完全可以不回答，沒關係的。
（劉鵬和宋勇停下手上的遊戲，對望了一眼。）
宋勇：好啊。
劉鵬：沒問題。
（金水繼續攝影。兩人繼續打機。）
金水：預備……開始！你們為什麼會來這裡？
宋勇：娛樂。
劉鵬：以及賺錢。
宋勇：找到寶物就可以賣錢。
金水：/你們是什麼組織？
宋勇：團長來了沒啊？
劉鵬：我就是團長。
金水：/你們組織有多大陣容？
宋勇：那我們要怎麼做？
，
劉鵬：上次會議你沒有來嗎？

宋勇：上次是什麼時候—
劉鵬：啊，上次你還沒有加入。
宋勇：上次是什麼時候？
劉鵬：上次黃志坤來了。
宋勇：負責守住出入口的那個黃志坤？／那麼我們
　　不是好危險？
劉鵬：還有歐陽俊都有出席。
金水：／你們到底有什麼行動？
宋勇：負責打頭陣的那個歐陽俊？
劉鵬：田壘和何冰都有來。
宋勇：哪個何冰？
劉鵬：守住大樹那個。
宋勇：即係送外賣那個？
劉鵬：就是他！
宋勇：田壘又是哪個？
劉鵬：做手搖飲品店的。
金水：／你們到底有多少人？
宋勇：賣珍珠奶茶那個。
劉鵬：就是他！

宋勇：那我就放心了。
劉鵬：不要那麼鬆懈，除了你之外，其實還有好多
　　人沒來。
宋勇：有誰沒來？
劉鵬：何志鵬、／柳永還有陸俊。
宋勇：何志鵬不是在送外賣咩？
劉鵬：就是他！
金水：你們的總部在哪裡？
劉鵬：怎麼他還沒回來嗎？
宋勇：那就是說……
劉鵬：那就是說我們未必有能力和他們對抗。
，
宋勇：那李志強呢？
金水：你們是不是要和主流社會對抗？
劉鵬：吓？
宋勇：李志強有沒有出席？
劉鵬：哪個李志強？
宋勇：那個李志強喎。這裡有好多個李志強咩？
金水：你們打算生多少個小孩？

劉鵬：三個，你指哪個李志強？
宋勇：負責總體進攻策略的那個李志強喎。

，

劉鵬：總體進攻策略到是我，/不是李志強啊。
金水：那你就是幕後黑手啦。
宋勇：那麼我們要怎樣進攻？

，

劉鵬：你跟著我們，跟著我們。

，

宋勇：我要放什麼裝備？/我要穿什麼東西啊？
劉鵬：先換上你最好的裝備。
宋勇：我哪裡還有什麼裝備啊？

，

　　　我哪裡還有什麼裝備啊？

，

金水：你想清楚點。

，

　　　你想不想吃京都骨啊？
劉鵬：不要手抖啊，定一點……。

，

　　　跟住我跟住我。
金水：你不想/食京都骨嗎？
劉鵬：宋勇，你不要亂來。
金水：想清楚點啊……當你開了間飯店，你想食什
　　　麼都可以……不用再吃掛逼麵、喝掛逼水，
　　　你還不用和那些蛇蟲鼠蟻住那間掛逼房。

，

　　　來，出去吧，回到你原來的生活裡。

，

　　　沒錯，就這樣，慢慢，慢慢地出去。

，

劉鵬：操！你去哪邊了啊！
宋勇：我不玩喇，/我不玩喇！我要認真喇。
劉鵬：我他媽不是叫你跟著我了嗎，操！
（劉鵬放棄手上的遊戲，向宋勇揮拳，宋勇倒地，
然後還擊，兩人互想打鬥了一段時間，期間金水
認真地拍攝著。此時網吧老闆出現。）
網吧老闆：什麼逼事那麼吵啊？

，

金水：沒，沒事。

網吧老闆：不要打爛我的電腦啊，不然讓你賠死。

金水：不會不會，我會盯著他們的。

，

網吧老闆：你手上拿著點是什麼來的。

金水：攝錄機，我在拍紀錄片。

網吧老闆：你是什麼人啊？記者啊？

金水：類似啦。

網吧老闆：你的片用來幹什麼的？

金水：交功課啦。

網吧老闆：交功課？

金水：這個片只有我和我老師才看得到。

網吧老闆：其他人不會知道？

金水：絕對不會。

，

網吧老闆：你懂不懂規矩的啊？

金水：知道知道，老闆。

，

網吧老闆：城管問起的話，你會怎麼回答？

金水：我會講真相。

，

我們是在白天拍的，這裡凌晨沒有開門。

網吧老闆：你兩個有沒有事啊？

，

宋勇：我沒事。

網吧老闆：（對劉鵬）你呢？

（劉鵬和宋勇慢慢站起來。）

網吧老闆：你們不要吵到其他客人啊，吵到我等下打爆你的眼鏡。

（靜場，網吧老闆離開。）

劉鵬：你今日滿意了嗎？

金水：等我看下先。

（金水研究攝錄機裡的相片和影片。）

我想要的資料都找得七七八八了。

（劉鵬上前攤開手示意拿錢，金水給了他錢，然後宋勇也拿了錢。）

多謝，如果可以順利畢業，都要多謝你們的幫助。

，

噢，等下等下，還差了一樣東西。

（金水舉起攝錄機自拍，他露出燦爛的笑容，但其餘兩人目無表情。）

5．三和人力資源公司門口

（劉鵬和宋勇帶著一個紅色膠桶和其他行李。兩人戴著口罩。）

劉鵬：有沒有發覺這裡越來越多人？

宋勇：我覺得這裡越來越少人。

劉鵬：這些人從哪裡來的呢？

宋勇：他們又要去哪裡呢？

劉鵬：這裡真是一片人間淨土。

，

宋勇：這話怎麼說？

劉鵬：人來人往，離開又回來，回來了又要再離開。
他們明明可以走掉，但偏偏要留在這裡。

宋勇：疫病殺過來，我們最好都快點走。

（他們仔細檢查自己的行李。）

劉鵬：你東西帶齊了嗎？

宋勇：帶齊了。

劉鵬：有沒有漏什麼？

宋勇：沒有。

，

劉鵬：他們是不是會想辦法解決這個疫病啊？

宋勇：我相信他們有辦法。

劉鵬：相信他們

宋勇：相信他們。

劉鵬：不用擔心。

宋勇：不用擔心。

（他們大呼一口氣。）

劉鵬：最緊要大家健康。

宋勇：健康才是財富嘛。

劉鵬：他們是不是會給這個地方消毒？

宋勇：他們會在這裡好好消毒。

劉鵬：你消了毒嗎？

，

宋勇：他們可以去哪裡？

劉鵬：你說呢？你說他們可以去哪裡？那些店鋪都關門了，雙豐麵館是一個傳說，裡面的每張桌每張凳都只會留在你的腦海之中。掛逼麵的味道，只會停留在你的味蕾上面；掛逼房的空間，只會停留在你的腦海之中；網吧都關門了，通向另一個世界的通道已經被關閉。以前熟悉的道路都被一部部挖土機挖開了，然後鋪上新的水泥。人、貓狗、還有昆蟲，通通被趕走，不是，他們不是人、貓狗、昆蟲，他們是病毒，會四周擴散，影響到這個社會和國家，所以他們要被清理，要這裡完全消失。

，

宋勇：那，那豹哥去哪裡了？

劉鵬：他去投胎做人了。

宋勇：你的朋友們呢？

劉鵬：什麼朋友？

宋勇：希望他們下輩子可以做個好人。

，

劉鵬：等下，你是不是還沒回答我的問題？

宋勇：什麼問題？

劉鵬：你是不是已經消了毒？

（靜場。）

宋勇：我媽托人幫我找了份工作。

，

劉鵬：做什麼的？

宋勇：不是黑廠，好過黑廠好多。他托人幫我找了份城管的工作。

劉鵬：你有沒有信心？

宋勇：不知道啊，邊學邊做囉。

劉鵬：要做幾個鐘？

宋勇：不多……不多。比日結工要做的少。

劉鵬：那時薪呢？

宋勇：都還不錯啦。

，

劉鵬：所以你要回去啦？

宋勇：是啊。

（宋勇放下手上行李，兩人躺在地上。）

劉鵬：你都知道我是射擊遊戲的高手，來福槍、追緝槍、什麼槍都難不倒我，我都是這個地區的第一名。具體點來說，我可以在對方毫無防備的情況下將對方打死。

，

我有沒有和你提過，除了射擊遊戲之外，我還會玩格鬥類遊戲？雖然相對來說，沒有射擊類那麼擅長。

，

我跟袁師傅學過一、兩個月詠春，除了基本馬步之外我還懂一點套路和對打。

，

雖然我成天休息，但我自問都是個十分勤快的人。我擔得抬得，最重要的是，我以前是留守兒童，我可以任勞任怨，你叫我做什麼我都會做啊！

，

叫你媽推薦我，我會做好這份工的啦。

，

你叫她認真考慮一下啦。

（靜場。）

宋勇：我開始懷念在大樹下休息的時光，那種無憂無慮、可以在一大片樹蔭下休息的時光。其實大樹已經成為了我的好朋友，我從他身上學來不少東西。我每次下班覺得疲憊時都會去那邊休息下，經過那麼多次之後，我好像領悟到了什麼。

劉鵬：你是不是要回去了啊？

宋勇：是啊。

（宋勇沒有動。劉鵬不斷嘗試從地上站起來，但是始終不成功。他不斷地嘗試，直到燈漸暗。）

劇終

優等獎〈奧斯維辛之後〉

劇作家簡介

劉勇辰

高雄出生，新北住民。就讀成功大學中文系、台北藝術大學劇創所，並在英國布里斯托大學拿到戲劇博士；曾出版劇本集《平行線》。現為大學講師、台南鐵支路邊創作體駐團作家。

qioiptony@hotmail.com

〈奧斯維辛之後〉

角色

男孩
醫生（僅出現聲音）
丈夫
妻子
警員（菜鳥）
警察（老鳥）
住戶（年長婦人）
女孩
男人（建築工）
男子（維修工）
女兒

舞台

舞台為旋轉式舞台，切換場景時可藉由一扇可移動位置的門。

場次

該隱
憂鬱
訃聞
約會
找貓
亞伯
差一點
看見
維修
三明治
欺負
回家
電影
喝酒
再也不悲劇

該隱

（地點為心理諮商室，僅有一盞燈照亮著診療椅。）

（一個身穿橙色制服的年輕男孩，掛著十字項鍊，回答著一位看不見的醫生。）

男孩：可以再亮一點嗎？

醫生：這樣？

男孩：啊，好多了。

醫生：好，那我們開始。（頓）今天過得怎麼樣？

男孩：嗯，蠻好的。

醫生：項鍊很好看，很適合你。

男孩：（微笑，拎起十字架）神父給的。

醫生：聽說是課堂表現優異的獎勵？

男孩：嗯，我很喜歡神父講的課。

醫生：很有趣嗎？

男孩：有趣啊。

醫生：像是什麼？

男孩：像聖經裡那些故事，「巴別塔」、「諾亞方舟」、「夏娃和禁果」，都在告訴我們人是有多麼容易就會犯錯⋯⋯啊，你知道，《聖經》裡頭說，我們人類都是殺人犯的後代嗎？

醫生：有嗎？

男孩：《創世紀》裡神對該隱說：「你若行得不好，罪就伏在門前，它必戀慕你，你卻要制服它。」該隱是亞當和夏娃的兒子，他還有一個兄弟叫亞伯。可是該隱覺得上帝明顯偏愛亞伯，把自己的努力貶低得一無是處，做什麼都不對。於是出於報復，該隱親手殺掉了亞伯。（頓）他也成為了人類最早的祖先。神父說，他殺掉的，其實是自己身上最好最好的部分。謀殺，也成為人類最早犯下的罪行。

醫生：那你覺得，該隱做錯了嗎？

男孩：（點頭）嗯。

醫生：哪裡做錯了？

男孩：（頓）明明是自己沒有做好的事，卻覺得是別人的問題，然後把氣發在無辜的人身上。

（停頓。）

醫生：收到自己快要可以出去的消息，有什麼特別的感覺？

男孩：（微笑）有點緊張。

醫生：緊張是正常的，每個人都要花一些時間適應自由世界。（頓）你來了多久了？

男孩：三年，多一點點。

醫生：可不可以告訴我，出去以後，想做的第一件事是什麼？

男孩：第一件事？第一件事啊……（頓）我想去買雙鞋。

醫生：什麼樣的鞋？

男孩：好跑的，不會摔倒的那種。

醫生：你常摔倒嗎？

男孩：嗯，有時候跑太快了，一不小心就會摔倒。

醫生：我送你吧，當作你的成年禮。

男孩：謝謝。

（停頓。）

醫生：家裡還有什麼親人？

男孩：我媽跟我弟。（頓）我弟上高中前，就離家了。

醫生：所以只剩下你母親。

男孩：嗯。

醫生：你們的關係怎麼樣？

（男孩搖頭。）

男孩：為什麼問這個？

醫生：今年年初，你寫了一張賀年卡回家？

男孩：我只是想祝她新年快樂。

醫生：卡片被退回來了。那個地址已經換人住了。

男孩：噢，（頓）她應該要告訴我的。

醫生：小時候你曾經被母親的同居人施暴？

男孩：（頓）嗯。

醫生：持續了多長時間？

男孩：（頓）一直。

醫生：一直？（頓）你母親知道這件事之後，她做了什麼？

男孩：我媽她個子很小，這麼一丁點，按照她自己的說法，她沒有辦法保護家裡的所有人。所以，當事情發生的時候，她只能抱著年紀小的弟弟逃到隔壁，等結束以後再回來。（頓）她會很仔細地替我塗紅藥水，塗完了，她會很仔細地像這樣「呼」幫我吹乾，我特別喜歡她吹氣的樣子。

（停頓。）

醫生：那麼，你原諒她了嗎？

男孩：神父說：「如果你有一隻手或一隻腳使你絆倒，就把它砍下來丟掉！對你來說，缺一隻手或缺一隻腳進入永生，要比手腳雙全被丟進永遠的火裡好多了。」

（停頓。）

男孩：我可以回去了嗎？

醫生：當然，晚上有什麼計畫？

男孩：今天要放電影。

醫生：你喜歡電影？

（男孩點頭。）

男孩：我不喜歡錯過開頭的部分。

醫生：我也是。下周見。

男孩：下周見。

（男孩下，暗場。）

憂鬱

（夜深的客廳。場中央擺著一張嬰兒床，傳出嬰兒的哭聲。）

（舞台上有一道門，傳來開鎖聲，一對鄰居的夫妻穿著睡袍正試著開門。）

丈夫：（聲音）是這把嗎？妳下次不要什麼鑰匙都不分類放一起好不好？

妻子：（聲音）不要什麼都怪別人好不好，這個分類就是備用鑰匙啊。

（門打開。）

丈夫：燈都沒開？（對室內）喂，老李、大嫂，有人在嗎？（大聲）你們家小孩哭了快兩個鐘頭啦？別人明天還要上班耶。

妻子：不要那麼大聲啦，你在幹麻呀。（對著床上嬰兒）喔，寶寶、寶寶，不哭不哭……

（妻子走向嬰兒床邊，抱起床上的嬰兒哄著。）

丈夫：（揉眼睛）不是啊，他爸媽呢？

妻子：我哪知道，手機又沒有人接啊。（往內張望）

好像都不在家。

丈夫：拜託可以讓他安靜一下嗎？我快要瘋了。

妻子：有點耐性好不好，（把嬰兒遞給丈夫，從床上拿起奶瓶）你抱好，我去沖奶粉。

（嬰兒哭聲不斷，丈夫試著各種方法哄他。）

丈夫：喔喔，寶寶乖，乖寶寶，不哭了，不哭了。是不是就是因為你這麼愛哭，所以爸爸媽媽都不要你了？啊，是啊，當孤兒是很辛苦的……

妻子：不要這樣啦。（餵奶）來，寶寶，喝奶奶喔，乖。

（哭聲終於停止。）

丈夫：欸，我是不是聾了。

妻子：（拍丈夫）餓壞了啦。（頓）你看他多可愛……鼻子好小喔。

丈夫：不是啊，老李這兩口子怎麼回事啊，自己出門然後把小孩扔在家裡？太奇怪了吧？

妻子：你什麼都不知道當然覺得奇怪。

丈夫：我不知道什麼？

妻子：你知不知道每天下午三四點的時候，常常有陌生男人來找李太太。

丈夫：真的假的？妳怎麼知道那不是她先生？

妻子：開的車都不一樣。（頓）前幾天我聽到他們大吵一架，又吼又罵，還摔東西，嚇死人了。我跟你講，李先生最後好像還動手了，我聽到李太太說她要去她弟家。

丈夫：真的？哇，脾氣那麼好的人，又頂著一頭那樣的自然捲，我好難想像老李發火的樣子。

（停頓。）

丈夫：想不到嫂子是這樣的人。

妻子：你不是一天到晚稱讚人家漂亮有魅力嗎，還要我跟她學？想過後果沒有？

丈夫：對啊，每天跟不一樣的男的啊。

妻子：為什麼你給我一種很遺憾的感覺？

丈夫：（猛搖頭）太渣了。

妻子：小聲一點不要再把他吵醒。

（丈夫看錶，打呵欠。）

丈夫：太好了，再過一個半鐘頭，天都要亮了，明天早上要開會……（看看四周）我去洗把臉。

妻子：要是他們一直不回來怎麼辦？

丈夫：怎麼可能啊。

（丈夫下，從側台傳出他的驚叫，匆忙上，神色驚慌。）

丈夫：李太太在浴室。

（妻子抱起嬰兒想過去看，卻被丈夫攔下。）

妻子：怎麼了？

（丈夫緩緩搖頭，暗場。）

訃聞

（門口，兩名警員並肩站立。）

警員：學長，沒錯，確定過了就是這家。

警察：怎麼確定的？

警員：這附近又沒住多少人，鄰居彼此都認識，問一下就知道了。（嘆氣）聽說是有名的繭居族，除非必要否則從來不出門的。

警察：好，那等下，你開口講的時候，口氣要溫和……

警員：欸，等等！學長，這次輪到你了吧。

警察：什麼輪。

警員：學長，上次、跟上上次，都是我講的。

警察：那你不就很有經驗嗎？

警員：哪有這樣的啦，你明明說，上次是我，這次輪到你了好不好。

警察：現在是在嗆學長是不是？沒大沒小是不是？你們零零後是這樣跟學長說話的是不是？

警員：學長，不要這樣啦。

警察：不管，少廢話，猜拳，三盤兩勝。

警員：齁。（兩人快速猜拳，猜輸）啊幹。

警察：記得，口氣要好一點，婉轉一點。（頓）聽說中部之前有個學長通報找到小孩子的遺體，當天晚上家屬全家開煤氣自殺，那個學長連同他所有直屬，全記兩支申誡……

（警察按下電鈴，警員神情痛苦。一位年長女性過來開門。）

住戶：你們是？

警員：呃，阿姨妳好，我是北區第三派出所的警員，我姓陸。（出示證件），那個，麻煩請問一下，你們家是不是有登記一輛豐田汽車？

住戶：你們要幹什麼？

警員：沒有啦阿姨，呃，我們想先跟妳確認，有一輛車牌**ER-296**的車，是不是妳們家的？

住戶：我不知道，我沒有開車啊，怎麼了？

警員：那，請問妳家裡還有其他人住嗎？

住戶：我老公走了。家裡也只有我。請問到底是什麼事啊？

警察：你們是不是還有一個女兒？

住戶：（頓）嗯。但她已經不住在這裡了。

警員：喔，我們知道，嗯，阿姨妳要有一點心理準備喔，昨天晚上二高監視器拍到畫面，你女兒的這輛車在交流道口失速出了意外，翻到山坡底下了。

住戶：什麼？不可能。那不可能是我女兒。我女兒開車最小心。

警察：太太，很抱歉，我們要通知您，因為車子翻下山之後起火，駕駛當場死亡。我們現在還不能確定身份，如果方便的話，我們想請妳去替我們指認一下。

住戶：指認？

警察：是，很遺憾。

（停頓。）

住戶：我不想去。（要關門）

警員：阿姨，等一下喔……

住戶：她要跟那個男的結婚的時候我說我不同意，不聽我的，一定要結。不孝女，為了這個事情跟我賭氣，說再也不想跟我見面，也不想跟我講話，說要脫離母女關係。（頓）結果現在出事了，才想到要找我？（頓）她離開家那麼多年，連一通電話都沒有打回來過。

警員：阿姨，可是……

住戶：你們去找別人吧。

（門關上。警察拍了一下警員的背。）

警察：沒事啦，什麼樣的狀況都會遇到，幹久你就習慣了。

（兩人要離開時，門又打開，住戶手上拿著手機。）

住戶：警察先生！是我女兒打來的電話。

（警察和警員對看，暗場。）

約會

（地點為公寓，年輕女孩拎著背包來到中年男人的房間。）

女孩：好漂亮的房間，真的可以借我住嗎？留言的時候，我其實沒想到你會真的答應。

男人：我一開始也以為妳是騙人的。

女孩：什麼騙人？

男人：照片騙人。

女孩：那現在呢，很失望嗎？

男人：（搖頭）妳很誠實。

（女孩看向窗外。）

女孩：你說對面那幾棟大樓是你們公司蓋的？

男人：嗯，對啊。

女孩：好高喔。

男人：三十層吧，我記得。

女孩：哇，住在三十層不曉得是什麼感覺？在工地你也要爬那麼高嗎？

男人：有時候。

女孩：不恐怖嗎？

男人：恐怖啊。（頓）當然恐怖啊。

女孩：真厲害。竟然可以蓋出這麼高的房子。

男人：也還好。蓋得出來，但買不起。

女孩：這裡也不錯啦，很寬敞。（頓）只不過你的家具是不是有點少？

男人：剛搬來嘛。我最近正在看沙發的款式，喏，（展示手機上的照片）這個怎麼樣？

女孩：（數0的個數）……太貴了吧！

男人：可是很好看。

（停頓。）

女孩：等一等，你家沒有沙發的意思是，今天晚上我要睡哪裡？（假裝作勢要從背包掏東西）

講清楚喔，我真的是找「沙發借住」，不是什麼隨隨便便的人。

男人：放心，裡面還有一間次臥，都整理好了。

女孩：那就好。（打量）你今年幾歲啊？對不起喔，不過，你怎麼看也不像是會玩網路交友的人。

男人：是我女兒教我的，我用的帳號還是她創的。

女孩：父女共用一個帳號？這也太變態了。

男人：等等、等等，是妳主動約我見面，想要借住，我也從來沒有隱藏過我任何身份對吧？

女孩：也是喔。

男人：反倒是妳還沒有跟我說，為什麼會突然跑到這裡？

女孩：（嘆氣）我不是講過我那個驚天動地的奇葩男友嗎？失業以後不工作就算囉，花我的吃我的還老是擺臭臉，分手還分不掉。你知道他上次跑到我辦公室門口，當著全公司的面，那個神經病跪在那邊不走耶。搞得我後來都沒辦法再回公司。

男人：那不是已經幾個月以前的事了？

女孩：後來的事我沒有跟別人說過。（頓）辭職以後我就搬家了，想重新生活，結果我發現他開始跟蹤我，我搬到哪裡他跟到哪。一開始，就從遠遠的地方這樣看著你。結果有一天晚上我特別晚回家，不知道為什麼就覺得哪裡怪怪的。我從小耳朵就特別好，所以表面不動聲色，可是其實很專心地在聽有沒有什麼奇怪的聲音。結果，後來我在房間裡聽見有另外一個人的呼吸聲，是從衣櫃傳出來的。我嚇死了，可是還是裝作沒事，假裝講電話走到門口，然後，頭也不回地拔腿狂奔。跑去報警。

（停頓。）

女孩：警察來的時候衣櫃當然沒有人啦，監視器也被破壞了什麼都沒錄到。可是我已經很害怕了，我請警察把他抓起來。結果你們知道警察說什麼嗎？他們說他只是跟著我、遠遠看我，就算真的有他擅闖民宅的證據，沒有攻擊、造成傷害的話，他們最多也只能開罰單勸導，沒有理由抓人。（頓）於是我只好開始找他不會發現的地方借住，一直換，一直換，現在我都忘了當初怎麼會跟這麼奇怪的人在一起，搞得自己也變得好奇怪。

（停頓。）

女孩：對不起喔，我知道你可能會覺得麻煩，但是我也沒有其他朋友了。（頓）如果你不能接受的話，我可以自己再想辦法。

男人：那妳打算住多久？

女孩：等我找好打工的地方，我就搬出去。

男人：那就這麼說定了，去看看房間吧。妳今天坐了這麼久的車，早點休息。

女孩：嗯，（頓）那個，因為我會害怕，睡覺的時候，我可以鎖門嗎？

男人：當然可以。

（停頓。）

女孩：對不起。

男人：為什麼要道歉？

女孩：我不知道。（頓）晚安。

男人：晚安。

（女孩下。暗場。）

找貓

（一戶住戶的房門口，妻子敲門，男子應門，卻只將門打開了一半。）

（男子身上穿著維修工的制服。）

妻子：你好。

男子：你好。

妻子：不好意思，請問你們是不是有撿到一隻貓？

男子：什麼貓？

妻子：（從口袋裡拿出一張尋貓啟示）電梯裡貼著公告說你們撿到了我家的貓。

（男子看了看告示。）

男子：搞錯了吧。

妻子：搞錯了？

男子：我太太搞錯了，這是我朋友的貓，不是撿到的。
妻子：可是，這個項圈，上頭的字是我親手縫上去的。
男子：可能只是巧合。
妻子：不好意思，但我真的很愛牠。我可以看一眼你們家的貓嗎？
男子：抱歉，不行，貓不見了。
妻子：不見？
男子：牠跑走了。（頓）有一天窗戶沒關好，牠就溜出去了。不過很有可能過幾天牠又會回來，誰知道呢？
妻子：（點頭）貓很聰明的。
男子：希望是。
（男子試圖關門。）
妻子：我可以跟您太太說句話嗎？
男子：妳認識我太太？
妻子：我們一起上過瑜珈課。
男子：是嗎？那她有沒有跟妳提過我？
（妻子微笑著緩緩搖頭。）
男子：真是的。（側身）要不，妳進來等她？我水剛燒開，正要做晚飯呢。
妻子：（停頓，微笑）下次吧，我也要回家做飯，謝謝你啊。
（妻子離開，男子看著她走遠，把門關上。暗場。）

亞伯

（地點是心理諮詢室，診療椅上躺著一位男人，是個老鳥警察。）
（他正回答著一位看不見的醫生。）
警察：醫生，我又發作了。
醫生：這次維持了多久？
警察：（算手指頭）不曉得，三、四個月？
醫生：是工作壓力？
警察：好像也不是。
醫生：嗯，那你有沒有想過，具體是什麼原因？
警察：……我失眠。

醫生：什麼時候開始的？

（停頓，警察從口袋中掏出菸盒。）

警察：可以嗎？

醫生：請便。

警察：謝謝，（點菸）醫生呢？

醫生：工作的時候不抽。

警察：那我們正好相反。（吸菸）我的工作讓我覺得，有時候不這麼抽一口，就沒辦法呼吸到空氣了。

醫生：那個可是慢性自殺。

警察：活著就是慢性自殺。

醫生：有道理。（頓）所以你失眠的時候會抽菸嗎？

警察：（搖頭）我打電動。醫生你玩過俄羅斯方塊嗎？

醫生：玩過。

警察：你不覺得裡面的長條很可憐嗎，所有會玩的人，都空著一道縫，等它一出現，就一頭把它栽進去。（頓）然後把一切都消除掉。

（停頓。）

警察：有天下午，我看到電視上在播一個當年被我抓的犯人，已經刑滿釋放了，電視正好拍到他對著攝影機微笑的樣子。（頓）那個時候，是我親手給他上的手銬，他還未成年，本來是不可以上手銬，但那個現場……我當了二十幾年的刑警，他是唯一一個，讓我回憶起來，還感覺到恐怖的人。（頓）我永遠記得，那天在警察局，他什麼也不說，就坐在那裡，微笑的看著自己的手，好像在欣賞什麼美麗的東西。那時候我的直覺就告訴我，坐在我面前的人很有問題，是個我搞不清楚的東西。

醫生：那後來呢？

警察：未成年，法院一定是從輕量刑，再加上律師都會建議這些人好好表現，抄抄心經，然後申請精神鑑定什麼的。（頓）我常常覺得很奇怪，我們查案子的時候那麼辛辛苦苦把人抓進來，審判的時候卻急急忙忙要把人放出去。

醫生：你是對鑑定報告有質疑嗎？

警察：質疑啊，可是他們跟我說，我應該相信專業。

醫生：你不相信？

警察：我很想信。可是他們真的有把握嗎？

醫生：什麼意思？

警察：我聽說在精神病學的歷史上，曾經有一個很有名的實驗，有個博士帶著一堆正常人住進精神病院，醫生根本分不出來他們正常還是不正常，於是對所有人都做了很多過分的治療。這件事曝光之後，很多療養院向這位博士發起挑戰，並陸續聲稱發現了博士派來實驗的間諜，結果他根本一個人也沒有派出去。（頓）就好像我參加的戒菸團體一樣，大家圍成一個圈，手拉著手，一起分享抽菸的壞處，還有不抽菸的方法。而我為了要被稱讚，每次都說謊，也沒有被抓到過。（吸菸）關鍵是，連我自己都沒辦法預料下一次為什麼自己會想抽菸。

醫生：我覺得關鍵是你不信任那個團體。心理治療不是實驗，假裝是不行的，你要真的想變好才有用。

警察：（頓）那你怎麼知道他是真的想變好？還是不是？（頓）那樣的人就像是一顆未爆彈，你懂嗎？

醫生：每個人不都是嗎？社會上的所有人都可能是潛在的罪犯，難道要把所有人通通關起來？

警察：你有沒有看過那個，金剛狼演的那個《悲慘世界》？

醫生：（點頭）嗯。

警察：那裡面男主角偷了個麵包，就被一個警察盯上了，明明是個窮鬼窮瘋了才去偷麵包對吧？但那個警察從頭到尾就認定男主角是個壞人。整部電影裡他就對著男主角的屁股窮追不捨。結果所有觀眾都討厭他、不爽他，覺得這傢伙太雞巴了。放人家一馬不就好了、網開一面就什麼事也沒有，搞到最後他自己很悲慘地去跳河自殺。（頓）可是他媽的，他到底做錯了什麼，他只是在盡當一個警察的責任而已。

醫生：所以你能認同他。

警察：太能了。（頓）你以為壞人都會把「我是壞人」寫在臉上嗎？我警察當越久，就越討厭看到，對面坐著一個看起來人超好、誠實又善良，充滿苦衷什麼巴拉沒的。越是那樣的人，就越讓我害怕。

醫生：你說這些，是不是就在說，你的「直覺」在告訴你這個年輕人有問題？（頓）難道沒有什麼更具體的理由嗎？

警察：（頓）當然有理由。

醫生：什麼理由？

警察：你不會相信的。

醫生：說來聽聽。

（停頓。）

警察：因為我有陰陽眼。（頓）這件事我不敢告訴別人，怕人家覺得我是精神病。但我真的看得到。

（警察吸了口菸。暗場。）

差一點

（孩子們的笑聲。）

女兒：你是做什麼的？

男人：我？我是蓋房子的。

女兒：蓋房子，建築師？

男人：也不算，就是蓋房子的。

女兒：真的，我是房產仲介，說不定還賣過你家的房子。

男人：真巧。

女兒：（看著前方）兒子還是女兒？

男人：也是女兒。

女兒：真巧。

男人：嗯。

女兒：多大了？

男人：（用手搔了搔頭）不在了。（頓）如果還在的話，今年應該都大學畢業了。

女兒：發生了什麼？

男人：意外。（頓）她是突然走的，沒有預兆，說沒有就沒有了。（頓）我太太說，命運就是這樣，有時候，很突然的，會非常殘忍。後來她找了一個小她十幾歲的男朋友，跟我離婚了。（頓）我女兒以前特別喜歡到這座公園玩，可能是因為我告訴她，這裡是爸爸媽媽第一次約會的地方。每次我們都在這裡玩到天黑，玩到她媽媽騎腳踏車來喊我們回去吃飯。（頓）所以每次經過，我都會在這裡坐一會。可能是因爲，也沒有別的地方可以回去了吧。

（停頓。）

女兒：她剛出生的時候，醫生跟我說了被診斷出來有問題，那個時候，我差一點點就自殺了。

（手比出一小段距離）大概只差這樣。

男人：這樣？

女兒：嗯。

男人：差了什麼？

女兒：（頓）那天我不顧我媽的反對，把女兒扔在娘家，自己一個人爬到樓頂。我沿著建築邊緣向下看，來往的行人、車水馬龍的大街，還有對面樓房一扇一扇明亮的窗戶，透過它們，我看到無數家庭正忙碌於自己生活的瑣事。夫妻吵架、孩子過生日、情侶抱著對方跳舞、傭人推著輪椅上的老人回家，隔壁大樓，有一群人正在開 party，他們聲音好大，我才發現那天是除夕夜，他們正在倒數，十、九、八、七……我心裡覺得太好了，等他們數到零，我就往下跳，就這麼決定。結果他們數到三、二、一的時候。突然，很突然的，啪的一聲，停電了。（頓）整個城市突然暗了下來，我聽到人們的驚呼聲、抱怨聲、歡笑聲，然後聽到喇叭聲、救護車、車子的防盜鈴，然後又慢慢安靜下來。

（停頓。）

女兒：就差一點點。

（暗場。）

看見

（場景為深夜的警局，亮著一盞桌燈。）

（警察坐在桌前看資料，辦公桌上插著一個彩色小風車，警員上。）

警員：欸，學長！這麼晚還不回家喔？

警察：（回神）幾點了？

警員：（看錶）十一點二十。

警察：十一點，你錶準不準啊？

警員：應該準吧。

警察：貴的嗎？

警員：不貴啊，夾來的。但是很準。

警察：也是，貴也不一定就準。我以前那支就很貴，但走著走著就慢了。後來我就不戴了。

警員：反正，現在可以看手機啊。

警察：嗯。（頓）總覺得有些時候還是要看錶才對。

（停頓。）

警察：有事啊？

警員：學長，問你一件事喔……那個，學長，你是不是看得見啊？

警察：啊？

警員：鑑識科的都在傳說，每次到案發現場，你都一個人到角落，自言自語……還有一次有人聽到你在對空氣說：「不要哭不要哭。」

警察：（頓）哪有這種事……

警員：（湊近）學長，你聽我說。上個月底的時候，我有一個當幼稚園老師的朋友來找我報案。她說，他們班上有一個怪怪的小朋友，平常不愛說話，也不跟其他同學玩，只喜歡畫畫，可是畫的東西總是一個拿著刀的怪物，站在一坨一坨紅紅的、很可怕的東西中間。後來，有一天她改聯絡簿的時候，看到上面說上個星期日，所有人都睡著的時候，怪物悄悄爬進他家，把爸爸跟媽媽都殺掉了，然後裝成了爸爸的樣子。我朋友嚇了一跳，趕快打電話過去，響了很久，沒有人接。正打算掛掉的時候。電話被接起來了。是那個小孩的聲音，他問老師有什麼事，我朋友問他：「你爸爸媽媽在家嗎？」他說：「不在。」然後這個時候旁邊突然有一個男人的聲音，叫那個小朋友過去吃飯。我朋友覺得很害怕，掛掉電話之後電話再響她也不敢接。（頓）她來找我的時候，那個小孩已經幾天沒有去上學了。她說的時候，手還一直在發抖……

警察：你說的這個案子我有印象，後來是不是一家人都沒找到？

（警員猛地靠近警察，拉住他。）

警員：（連連點頭）學長，拜託你幫我看一下啦。後來我聽其他學長說，那棟樓是有名的兇宅，八字輕的去，都會被奇怪的東西纏上，結果我回來以後啊……（張望）我就一直碰到奇怪的事。

警察：什麼奇怪的事？

警員：上個禮拜，我回家以後突然左腳就開始痛，莫名奇妙，痛得沒辦法走路，只好請假。結果就接到我女朋友電話，她說她媽有在拜拜，會感應，她夢到女兒的男朋友被恐怖的東西纏上了，而且也是左腳。（頓）問題是，我女朋友她媽根本不知道她女兒有交男朋友……

警察：啊你的腳後來不是好了嗎？

警員：（猛搖頭）腳痛雖然好了，可是最近我遇到奇怪的事情越來越多。這幾天我不管是搭公車還是坐捷運喔，明明滿車廂都是人，可是很奇怪，就是沒有人要坐我旁邊。（頓）最恐怖的是今天早上，我出門要從十樓下電梯，結果電梯停在七樓的時候，門打開了，有一個男在外面等，然後他探頭看了看，說：「沒關係，你們先下。」（頓）明明只有我一個人在電梯裡……

警察：他可能根本沒看清楚。

警員：然後，我最近一直接到奇怪的電話欸，打來都不講話喔，就只能聽到一點點呼吸聲……不管我怎麼大吼大叫，都沒有反應……

警察：我跟我前妻講電話也是這樣。

警員：不要鬧啦，而且我最近肩膀覺得越來越重、越來越痛。是不是祂已經……學長，到底怎麼辦啦。

警察：我哪知道啦？（起身離開）去按摩好了？

警員：等一下啦，學長。

（兩人離開後，小風車無聲地轉動。暗場。）

維修

（場景為一般的客廳，女兒抱著一袋食物和維修工男子面對面站著。）

女兒：你說附近的網路全都癱瘓了？

男子：（點頭）整區都出問題了，我們正在挨家挨戶做排查。

女兒：所以是我老公讓你進來的？這個人真是的，也不講一聲，害我嚇一跳。他人呢？

男子：他好像沒辦法忍受沒有網路，就出去了。

女兒：唉唷，這個人做事真的是。（頓）修得怎麼樣了？

男子：嗯，比想像中要好。

女兒：有什麼要幫忙的嗎？

男子：喔，你們家裡有翹棍還是鐵錘什麼的嗎？

女兒：鐵錘好像有。我去拿。

（女兒放下買回來的東西，進去拿出一整盒工具箱交給維修工。）

男子：謝謝。

女兒：你要不要喝點什麼？

（維修工挑選出一把鐵錘，向外張望。）

男子：門口那台豐田，是妳剛剛開回來的？

女兒：嗯。

男子：妳一個小女生開那麼大的車？

女兒：對啊，想說以後接小孩方便一點。

男子：剛加過油？

（停頓。女兒覺得問題很奇怪，而維修工提著鐵錘擋在她身前。）

男子：妳要去哪裡？

女兒：我只是要去一下洗手間。

男子：我要是妳的話，就不會去。

女兒：為什麼？

男子：因為，那就會逼著我要做一些不好的事。

（停頓，女兒愣在原地。）

男子：妳現在是不是開始懷疑我可能不是來檢查網路的了？（女兒點頭）啊，先說有一點妳不用怕，我不是強姦犯，所以不會有人強姦妳。妳很幸運，我知道有的人喜歡那樣，但我不喜歡。（停頓）車鑰匙呢？

（女兒拿出口袋裡的鑰匙。）

男子：（拿起鑰匙，微笑，揮動手上的鐵錘）放心，我保證很快就結束了。要不要喝點什麼？

（從女兒買的東西裡撿出一瓶酒。）

男子：欸，有品味。這是好酒吧，不是用轉的那種。開瓶器在哪裡？

（女兒想伸手要去拿。）

男子：不用不用，我來就好了。那種東西危險。

（維修工把酒瓶打開，倒了半杯，喝一口，發出讚賞的聲音。）

男子：好喝，來一點？

（女兒搖頭。）

男子：妳完全不喝嗎？

女兒：（頓）因為我家人的關係。

男子：家人？

女兒：我爸。在我七歲的時候，喝醉酒，載著我，方向盤打錯，車子撞上安全島。我也差點死了。

男子：真可憐。

女兒：我媽一直因為這件事怪我，她說要不是我吵著要出門，一切就不會發生。

男子：那只是妳母親這樣子希望而已。

（停頓。）

男子：我也不能喝太多，還要開車。我可不希望半路上被警察攔下來酒測。（喝酒，頓）妳笑什麼？

女兒：不知道，我在笑嗎？

男子：想到什麼有趣的事？

女兒：沒有，不是什麼有趣的事。

男子：正常人這種時候應該不會笑吧。

女兒：可能我不太正常吧。

男子：（一手撐在下巴上）那妳做過最不正常的事是什麼？

女兒：我？我想想……（頓）我為了逃離我媽，跟一個大我十幾歲的男人結婚。他答應會給我幸福，但是他沒有。可我還是愛他。（頓）在我懷孕的時候，他外面有了別的女人，我試著勸他，就被他打了……他脾氣變得越來越壞，他一直怪我明明知道女兒有病，為什麼要生下來，為什麼要破壞他大好的人生……（頓）平常的時候，他根本不會回來看我跟女兒，今天是例外，今天他生日，所以我買了店裡最貴的酒，想再跟他一起慶祝最後一次。（頓）我在酒裡加了一些，嗯，不對，加了很多，我女兒平常吃的藥。那種藥吃多了很危險，最好趕快去醫院。

（維修工和女兒對看。暗場。）

三明治

（場景是廚房，男孩正在製作三明治，女兒匆忙上，手裡拿著幾個信封。）

女兒：對不起、對不起，回來晚了。她睡著了？

男孩：（豎起一隻指頭靠在唇邊）嗯，過了九點就讓她先睡了。

女兒：哇，已經可以自己睡囉？我是離開了多久啊？

男孩：一直哀哀叫啊，可是我叫她要習慣。

女兒：習慣什麼？

男孩：習慣一個人。（笑）之前教過她吹口哨，我跟她說，怕的時候，只要吹口哨，我就會出現。（笑）結果她一個晚上吹個不停。

女兒：小孩子。（試著吹口哨）是這樣嗎？

男孩：（笑）你學要幹嘛。

女兒：我也不習慣一個人呀。

（頓，女人拆開手上的信封。）

男孩：那是什麼？

女兒：我們上個世紀的人，叫這種東西叫做信。

男孩：原來長這個樣子。（頓）上面說什麼？
女兒：邀我去參加我前夫的葬禮。
男孩：前夫？（頓）對不起。
女兒：沒事，已經很久沒見面了。
男孩：那妳去嗎？
女兒：（搖頭）不去。我搞不定葬禮。（頓）在葬禮上每個人都變得很奇怪，有些人只跟妳聊死掉的人，無話不談；也有些人什麼都談，除了死掉的人。有的人會一直安慰你叫你不要哭；也有人會叫你說哭出來，感覺舒服一點。
（停頓，女兒湊近男孩正在做的三明治。）
女兒：早餐？
男孩：嗯，要提早拿出來退冰。
女兒：可以吃一個嗎？（男孩遞給她，她咬一口，讚嘆）哇，不可思議。我從來沒有吃過這麼好吃的三明治，太感謝了。
男孩：太誇張了。
女兒：一點也不誇張，我學了五六年，連蛋都炒不好。（頓）你是我認識的人裡面唯一一個當保姆的男生。
男孩：我喜歡小孩子。
女兒：以後，也打算繼續嗎，譬如，當個幼稚園老師？
男孩：嗯，（頓）好像蠻好的。
女兒：真的很佩服你，我就沒辦法。（頓）小時候，我媽常帶我去逛一間二手店，看著裡面那些人家淘汰不要的東西，我媽就會跟我說，它們其實沒有壞，只是暫時，沒有地方可以回去而已。
男孩：好可愛的說法。
女兒：嗯，後來我才知道，她每次帶我去那家店，是為了要找那家店的老闆。有一次她們玩得太開心了，把我忘在那裡，後來是警察把我送回家的。從那以後我就決定，我以後一定要跟她不一樣，否則我寧可沒有家庭、不要有負擔。（頓）所以當醫生跟我們說我女兒的狀況的時候，我愣了很久，我前夫要我自己選，選小孩還是……
男孩：還是妳前夫？

女兒：選小孩，還是其它的，所有，所有。（頓）
我連考慮都沒考慮。（頓）從那天開始，除了我女兒以外，就沒有人跟我站在同一邊了。

（停頓。）

男孩：有啊，我也在這邊。

（兩人相視而笑，氣氛正好。突然房內傳出小女孩的哭聲，男孩作勢要去看一下。女兒沒好氣地留在台上，又吃一塊三明治。暗場。）

欺負

（地點為心理諮詢室，年輕男孩又坐上診療椅。回答著那看不見的醫生。）

醫生：最近怎樣？工作都習慣嗎？

男孩：嗯，很不錯。

醫生：所以，你喜歡現在的生活？

男孩：你是指比起在裡面的時候嗎？那當然。

醫生：那就好。

男孩：我一直很感謝你。

醫生：有考慮回學校念書嗎？我也許能幫上忙。

男孩：學校還是算了。

醫生：排斥？

（停頓。）

男孩：我們是不是從來沒有談過我被關進去之前的事？

醫生：你現在願意說？

男孩：想聽嗎？

醫生：當然。

（頓，男孩躺上診療椅。）

男孩：一開始的時候，是班上有一個同學自殺了。
那時候大家都覺得奇怪，明明已經國三了，就算不喜歡學校也都要離開了，為什麼要選擇這個時候死？那時候天天都在考試，學習壓力把大家搞得都神經兮兮的，沒有工夫管別人。很像那種深海裡的魚群，其中弱小的、掉隊的，會自動被視為群體的累贅，變成透明的。（頓）直到他母親和警察來到學校，說他在學校的時候，動不動就挨打，時常臉上身上青一塊紫一塊的回家。母親說，他挨了打，手背上被燙了菸疤，零用錢被人搶走，卻什麼都沒說。大概是怕說了會被打得更慘，於是他一直很安靜，甚至還常常面帶微笑……

醫生：沒辦法跟人商量，所以最後才自殺嗎？真可憐。

男孩：警察那個時候看著我們，對我們說，那個同學被打得相當嚴重，警察一定會積極介入調查，他說那些話的時候，不曉得為什麼，一直盯著我看。

醫生：他懷疑你？

男孩：（在椅子上挪了挪位置）對，可能是因為家裡的關係，從小我就打拳擊，所以他們把我找去詢問了好幾次。

醫生：後來呢？

男孩：因為沒有證據，他們也不能做什麼。但本來我被警察叫去問話的事，應該是保密的，卻不知從哪裡洩露，在學校傳開了。大家看我的眼光都發生了變化，沒有人不相信那個欺負人的人是我。

（停頓。）

男孩：然後一切就越來越不好。我身上開始青一塊紫一塊，東西被偷走、破壞，在廁所莫名其妙地從背後被水桶罩住頭，淋一身髒水。老師也拿這樣的事沒有辦法，我甚至可以從他的眼神中，感覺到他已經把我當作那隻掉隊的，透明的魚了。

（停頓。）

男孩：我開始隨身帶著一把美工刀，其實不是想傷害誰，大多數時候我劃的都是自己的手。我好像能從那個傷口滲血、結痂、再慢慢復原的過程中，得到了一點確定的，安慰。（頓）直到有一天，在學校附近的廢棄工廠，我撞見那幾個欺負我最兇的男生聚在那裡抽菸。天氣很熱，他們都流著汗，有的脫了上衣，有的隨手捉起地上的磚頭亂扔，然後他們笑著說起那個死掉的同學，說最後一次跟他玩的時候對他做的那些事，相當過份。我聽著聽著，好像覺得他們口中說的名字，其實就是說我。

醫生：然後呢？

男孩：然後我就想起，我的口袋裡正好一直放著這個。

（男孩從口袋掏出一把美工刀，一節節的推出。）

男孩：我在裡面的時候，最喜歡看他們放的電影。印象最深刻的，是一部俄國片，那是我唯一看過的俄國片。那部電影演的是，二戰快結束時，一輛火車載著一車的戰俘和窮人正開往西伯利亞，窮人偷渡上車是想要去拓荒的，而戰俘則要被送往集中營。可那一年的風雪特別大，火車上，很多人凍死了，為什麼呢？因為他們坐的是最爛的車廂，裝木材的，根本沒有密閉。所有人和木頭擠在車上，連讓屁股沾到地板都沒辦法，一路上火車只停了兩次，每一次停，他們就把凍死的人扔下車，瓜分他的行李，其中有人發現一個包袱裡，塞著兩瓶新釀的烈酒，上面貼著一個標籤，寫著奧斯維辛。於是好不容易，所有人都勉強坐下了，語言不通的他們開始聊天，聊對未來生活的希望、聊春天來了以後的日子，家鄉的小麥、聊他們的女人還有詩歌。最後，全車的人開始分享那兩瓶酒，他們都醉了，開始唱歌。可是，沒有人知道，在最前面的火車頭裡，那個滿臉皺紋和鬍渣，開火車的老司機剛剛死去了，火車繼續向前開著。

（暗場。）

回家

（夜深的客廳，妻子穿著睡衣側耳偷聽隔壁的動靜，丈夫開門，看到妻子的樣子，把一個籠子放在門外，走近妻子。）

丈夫：怎麼了？大半夜不睡覺？

妻子：（把手舉到嘴邊）噓！

丈夫：怎麼又在偷聽隔壁啊？

妻子：（作勢要丈夫靠近，悄聲）隔壁好像又吵架了，剛剛一直聽到太太在哭，還有摔東西的聲音。

丈夫：夫妻吵架有很奇怪嗎，不是都這樣？

妻子：我今天找貓，第一次遇到隔壁的先生，雖然講話和和氣氣的，但不知道為什麼，好像是一個可怕的人。

丈夫：妳說，像會家暴的那種？

妻子：我不知道，之前沒聽他們吵過架啊。

丈夫：吵也不會當著妳的面啊。（頓）到底有什麼好吵的，不合就離嘛。

妻子：你說什麼？你很奇怪欸。為什麼這麼晚回來！（頓）怎麼身上那麼臭啊，什麼味道？

丈夫：剛剛去工地。

妻子：三更半夜的，去工地幹麻？

丈夫：妳火氣真的很大耶。（頓）是不是因為貓找不回來，就把氣出在我身上？

妻子：我已經找牠找好幾天了，反正你什麼都不管，只會講什麼餓了就會回來這種鬼話。

丈夫：我是想讓妳安心啊，而且是妳自己說牠在我們家伙食太好，快養成豬了，對吧？

妻子：（瞪丈夫）我怎麼會跟你這種不喜歡小動物的人結婚的？

丈夫：我很喜歡小動物，是那隻貓不喜歡我。

妻子：亂講，牠是貓，你對牠好，牠為什麼會不喜歡你？

丈夫：可能牠是一隻反社會的貓啊。

妻子：我不想跟你講話了。（摀臉）從頭到尾好像只有我一個人在乎，像白痴一樣。

丈夫：（安慰）怎麼會呢，別忘了那隻貓還是我撿回來的。

妻子：撿回來你有養嗎？還不都我在照顧。

（停頓。）

丈夫：你剛剛不是問我去工地幹嘛？

妻子：一定又是去找那個風騷的老闆娘。

丈夫：（搖頭嘆氣）我是想到，現在工地裡好幾個地方同時在打地基，要灌漿水泥，萬一要是那隻傻貓躲在哪個洞裡面睡著，到時候……

妻子：啊，好恐怖，你不要亂講啦！

丈夫：所以我就拜託現場的兄弟幫我注意，就這麼剛好，剛剛有人打電話給我。（走到門外把貓籠提了進來）貓找到了。

妻子：（萬分高興）在哪裡找到的？

丈夫：嗯，工地裡面。好像掉到灌漿車裡了。警衛聽到有聲音，去看才發現是從車裡傳出來的。

妻子：灌漿車？

丈夫：就是那個大大的一個滾筒在後面的有沒有，裝水泥的車。也不知道這個笨蛋怎麼掉進去的。

妻子：（擁抱）謝謝老公！

（門鈴聲響。）

妻子：誰啊，這麼晚。（湊近門的貓眼）欸，是隔壁的先生欸。他的表情有點嚇人，是不是我們講話太大聲了？

丈夫：（也湊近看，愣）他不是隔壁的先生啊。

（門鈴聲繼續響，連續響起。暗場。）

電影

（場景為警察的宿舍，門鈴響。）

（警察打開門，門外空無一人，但他卻退開一步，像是要讓什麼進來一樣。）

警察：來了就進來啊，站在門口幹麻。

（警察鑽進被窩，拿了一個墊子放到身邊，繼續看著電腦上的電影。）

警察：坐啊。（頓）欸，不要亂碰。（頓）阿甘正傳啊，沒看過？超經典的。是啊，快演完了。（頓）我最喜歡這部電影了，沒有人會不喜歡吧。（頓）為什麼？（頓）因為，因為看完每個人都覺得，阿甘這種白痴做的到的事，我怎麼可能做不到。所以我也有可能成立大公司、收獲愛情。（頓）怎麼可能？大家都被他傻瓜的樣子給騙了，其實傻瓜認真起來都超強的，重點是信念。（頓）你沒有看到前面，要不是從小就有一個金髮小妹叫阿甘說：「Run！Forrest，Run！」他一個小兒麻痺最好會跑得動。那個總統，羅斯福總統可以這樣跑嗎，Run！Rosefer，Run！屁咧，不摔死我隨便你。（頓）每個人都只相信自己眼睛看到的東西。我跟你講，問題就出在這裡。

（電影演到阿甘的母親即將病逝，警察拿起衛生紙包。）

警察：每次演到這邊我就看不下去了。阿甘的媽媽快要死了。（抽衛生紙）每次看我都會想哭。看到他媽就想到我媽。（頓，擦眼淚、鼻涕）我當然知道是假的啊，但他媽死掉了吔，有人死掉了，當然會難過啊。……我知道你也是，可是不一樣啊……欸，他們是親人，媽媽死了他會，他會很寂寞好不好。（大聲擤鼻涕）小時候我媽跟我說，人生最重要的是快樂，結果學校寫作文的時候題目是你人生想做什麼，我寫我想要快樂，結果我老師把我叫過去說，你是不是看不懂題目？我覺得沒看懂的應該是他自己。（頓）你才是愛哭鬼。（擦眼淚）你看不懂不要吵啦。（頓）我才不會寂寞咧。白痴。

（暗場。）

喝酒

（場景為公寓，年輕女孩和中年男人正在喝酒，並玩著「說中對方有做過的事就要乾杯」的遊戲。）

女孩：我……沒有離過婚。

（男人喝酒。）

男人：我沒有……我沒有懷過孕。

（女孩嘖嘖了兩聲看著男人搖頭，男人喝酒。）

男人：我沒有……同時和兩個以上的對象交往。

（女孩想了想，嘻嘻笑了笑，喝了一口。）

女孩：我沒有……打過女人。

（男人喝了一口，女孩訝異。）

男人：但那應該不算。

女孩：為什麼不算？

男人：我有很好的理由。

女孩：什麼？

男人：我女兒偷我的錢。

女孩：（笑）你有沒有你女兒的照片我想看！

男人：（遞過皮夾）喏，可愛吧。

女孩：長得跟你一點都不像嘛。

男人：所以可愛呀。

女孩：她幾歲？

男人：十六歲，還什麼都不懂。

女孩：十六歲懂很多了好不好，自以為。（頓）所以她跟她媽住嗎？

男人：（搖頭）她十六歲的時候，出意外死掉了。（頓）她說去跟網友見面，是一個認識很久，聊得很來的人。她們約在三站地鐵左右的咖啡廳見面，我跟她說，等你們碰完面，老爸來接妳，手機連絡。

（沉默。）

男人：然後那一天是平常日，我請了半天假去看牙醫，天氣非常好，看完以後我經過了一個我家附近的小公園，就是那種有很多遊樂設施，鐵格子、鞦韆的那種，離我們家只剩兩步路，看著裡頭開心的小朋友，我就在想不知不覺我女兒怎麼長這麼大了。（頓）然後我接到一通電話，工地裡出意外了，一個同事不小心從鷹架上掉了下來，現場亂成一團，老板娘哭著求我快點回去幫忙。（頓）那天，從鷹架上掉下來那個人，好死不死卡在一台攪拌機上，半個身體都被輾進去齒輪裡了。我和兩個領班，花了一個下午，拿著抹布、刷子在清理那些卡在齒輪縫隙裡的渣渣。一直忙到接到老婆打來的電話，她問我接到女兒沒有，我才想起來。手機裡她留給我的最後一條訊息說，那個人說可以送她回家。

（停頓。）

男人：後來我老婆跟我離婚。（頓）我有一陣子什麼也沒辦法做，只能在網路上，一個一個，約她所有聊過天的人講話、見面。我也不知道我在找什麼，好像就是想找到一個人，可以親口聽我說，我有多抱歉。

女孩：那不是你的錯。

男人：謝謝妳這麼講。（頓）但我知道是。我真的知道是。（頓）我記得，她小時候有一次問我，爸爸，什麼是世界末日？我跟她說，如果哪天妳離開爸爸，那就是世界末日囉。（頓）我女兒笑了，她說，那我永遠永遠不離開爸爸，世界末日就不會來了。

（男人低頭啜泣，女孩摟住他輕聲安慰。暗場。）

再也不悲劇

（場景路口，警員和警察站著，警員脖子上掛著一個巨大的護身符。）

警察：你掛那個什麼鬼東西。

警員：欸，學長，不要開玩笑，這我女朋友她媽給我的。很靈的。她說這上面有師父發的正念，會保庇不出事。她給了我兩條欸，一條給你？

（警察婉拒，拿出菸叼在口中。）

警員：學長你不是戒了？

警察：破戒不行喔。

警員：不是戒很久了。

警察：六年多。

警員：欸，很可惜耶，為什麼啊？

警察：（頓）上個禮拜平安夜，執勤的時候，我們捉到一個小偷，打扮成聖誕老人的樣子闖空門。（頓）不曉得他腦子是怎麼想的？結果被屋主逮住，我們到的時候，屋主的兩個小女孩正在哭著問爸爸媽媽說，為什麼要抓聖誕老人？（頓）我女兒最喜歡聖誕節，也最喜歡聖誕老人，因為她想的很簡單，就是在那一天，會有一個穿紅衣服的胖爺爺把她喜歡的禮物送她。就這樣而已。我不曉得為什麼連想保護這麼一點點的小事，都這麼難。

（停頓。）

警察：你有沒有想過哪天不當警察要幹什麼？

警員：幹什麼？

警察：對啊，去做些什麼了不起的事、完成心願啊，當總統啊之類的，有的沒的。

警員：……我好像不可能當上總統了。學長你呢？

警察：幹嘛告訴你？

警員：參考一下嘛。

警察：我啊，我希望……可以在南部的海邊買個小房子，靠近沙灘，天氣好的時候，我就撐起一把陽傘，架好躺椅，打開收音機，放著南國的舞曲，風挾帶著海浪聲涼爽地吹過來，我一手端著一杯插著小洋傘的調酒，一手抱著我的狗，然後遠遠看著我老婆和女兒在堆沙堡。（頓）不用上班，不用碰槍，不用再看到那麼多莫名奇怪的案件，不用整天問那些自己聽了都覺得煩的蠢問題，不用再追兇手，不用按門鈴告訴誰你的家人出了意外，不用再找那些失蹤兒童……

警員：那誰去找？

警察：我不知道。（頓）自己小孩自己去找吧。

（兩人仍站在原地，看向前方。暗場。）

劇終

優等獎〈歸年〉

劇作家簡介

李子瑄

北京城市學院碩士研究生在讀，曾參與話劇《萬家燈火》演出，獨角戲編演，大學時期就讀曲藝專業，重慶戲劇愛好者。

〈歸年〉

人一生要走很多的路。無論哪一條，都願你日暮可歸家。

註

本劇為獨角戲，除主角外所有人物均以影子、畫外音的形式出現。

序幕

（一九四八年，10月18日。長春。夜。）

（手風琴聲。俄語低唱著《莫斯科郊外的晚上》。）

（風雪聲漸起。犬吠聲、狼嚎聲遠近交響。破敗的城牆上手電筒光柱亂晃。）

（陶然抱著舊包袱從風雪中走過。拉槍栓的聲音響起，她猛地站住。歌聲漸弱消失。光柱都集中到了她臉上。）

（陶然慢慢轉過身。手電筒的光束打得她睜不開眼。此時我們才能大概看清她的模樣：她大約六十多歲，體態伶仃，臉上皺褶痕縱橫，藏汙納垢，看起來至少有七十多歲了。土布的舊包頭底下白髮散亂，一身土藍的舊夾襖、破棉褲，腳下一雙破布鞋。她懷裡緊緊抱著一個舊包袱，上邊繡著藍花花兒，已經褪色殘破，但洗得乾乾淨淨，是她全身上下最乾淨的一樣東西。）

（嘈雜的腳步聲和轟隆隆的車聲。更遠處傳來聲嘶力竭的呼喊。）

百姓：（os）城——門——開——嘍！

（陶然步步後退。手電筒光熄滅，呼喊聲中，槍毆打聲、痛呼聲、叱責聲、踩雪的咯吱聲乍起，又快速消失。）

第一幕

第一場

（舞臺右半部分掛著一張巨大的幕布。冷黃燈光從幕布後面打上來，在幕布上投影下一個巨大的員警側影。）

（審訊室裡。老年陶然坐在一個看起來就很難受的直背木椅子上。椅子四條腿兒不一樣長，左搖右晃，她只能儘量靠兩條腿在地上左支右拙地支撐自己。）

（正對陶然的方向打過來一束刺眼燈光。陶然眯著眼睛，她居然已經開始適應這種刺眼的光線，眨了幾下眼睛，對員警露出諂媚的笑容。）

陶然：（卑躬屈膝）哎喲，軍爺！青天白日的，您找我老婆子，是有好事給我啊？

警察：別套近乎！我問你，你上線是誰？下線是誰？你們跟城裡的據點在哪兒呢？

陶然：（茫然）嘎哈呀？我就是出來討口飯吃……

警察：扯你娘的淡！圍城四個多月了，誰家有飯讓你要？老麼咯哧眼兒的你再——

陶然：（腆著臉笑）軍爺啊，梳子魚，月牙肉，剩飯剩菜來一口嘛……老太婆沒啥要求，給口肉吃就……

警察：吃肉？這年生誰還有肉吃啊？（他一頓，明白過來）嘔——

陶然：（諂媚）您看，您知道的嘛，這不是，但凡有能入口的東西，吃了死不了的，那能沒人吃嗎？那……就算這東西酸一點兒，那也……（忸怩）也比觀音土多些滋味不是？（員警舉起拳頭，她立即瑟縮了一下，怯怯辯解）再說，死的都死了，跟豬啊雞啊的（咽唾沫），也沒多大區別了。活人總不能讓餓憋死啊。

警察：呸！

（陶然不安地來回挪動，把椅子往後挪，發出刺耳的刮地聲，她又一頓，把椅子挪回去。）

警察：別跟老子廢話，你上下級到底是誰？

陶然：（故作羞澀）軍爺，甭跟老婆子開玩笑啊，您看，我這不是，我都多少年沒做那缺德生意了……我哪兒知道您說的都誰啊？

警察：你這比生意缺德多了你知道嗎！你你你你早晚缺德缺死！

陶然：（賠笑）哎喲，是人那都是要死的嘛，您得明白啊，咱們都是小老百姓，一個個兒命比老鼠都賤，那，那再非得要……那不是給人當下酒菜了嘛！

警察：（拍桌子）老實點兒！讓你油嘴滑舌！那就說明白了，你，今天在中央四條街上走了八個來回，為什麼？

陶然：哎呀，這個……

（她低下頭看了自己的腳尖，格外羞澀。）

陶然：我收賬去了嘛，您看，人家欠我二兩肉，我不得去要二斤回來嗎……（咽口水）這，他們家聽說昨兒打了個禿鷲呢，那肉是柴點兒，但不酸啊……

警察：（跟著咽口水）哪家啊？（發現自己被帶跑了話題，厲聲）你上人家要肉去，你在這條路走八個來回！說，你是在給誰上消息？街上連個鬼都沒有！他們在臨街的樓，是不是？！地址！不對，這年頭，城裡哪兒還有禿鷲給你們打啊，早他媽讓人打絕戶了！說，那家人住哪兒？！

陶然：那不是，您也說這路上連個鬼都沒有了麼……我，我住在西邊兒第四個胡同兒，我這、我這迷路了……

警察：（拍桌子）迷路迷八遍啊？！你虧不虧心啊！

陶然：這不是（苦笑）天兒又昏、肚子又餓、歲數又大、地上又冷……這不是老眼昏花嗎？不然我能讓他們說拿二兩拿了三兩走嗎！天殺的騙子！

警察：（憤怒）該——！你這就是夜路走多了活該見鬼！（猛醒自己再次被她帶跑了話頭）不

對，說，那幫子紅腦殼到底在哪兒？！

陶然：這我真的不知道啊！軍爺，咱們是一頭兒的啊！

警察：呸！趕緊說，你就是迷路你也不能走八個來回啊！而且——我們可是看了！你走那路線，連起來就是個八字形！說！跟八路下一步的行動到底有什麼關係！

陶然：（遲疑）可、可能就都有個八吧……

警察：嘿你這老東西——（皮帶抽打聲，陶然左右搖晃著高聲尖叫）實話告訴你！我們盯你好幾天了！你天天抱著這包裹到處溜達，你想幹什麼？！想往哪兒跑？啊？

陶然：（瑟縮）我、我就是天天要飯去啊……我想上哪兒？我就想上北平……

警察：好哇！你還想上北平幹壞事兒去！你太毒了你個老東西！

陶然：（垂下頭，低聲）我……想回家……我就是想回家……

（燈漸暗。）

第二場

（一八八五年，11月21日。北平。）

（風雪聲，電車聲，夾雜著誦經聲和女人呼痛聲，最後是嬰兒嘹亮的啼哭聲。員警的影子隱去，變成陶父和陶母的影像，是兩個更伶仃、只能從頭髮上分出男女的影子。陶父手中拿著兩支牛骨板。敲擊聲一下一下地傳來。）

（舞臺後方邊緣向前亮起一排微光。陶然坐起來，放下盤髮，梳起小女孩的雙馬尾。）

陶然：光緒十一年，乙酉，屬雞。我媽把我生在菜市口東南角兒一個小胡同兒裡。

（風雪聲呼嘯。微光漸漸明亮，陶然站進逆光，慢慢走近，又慢慢走遠，在光線裡慢慢繞圈，周而復始，一圈圈地慢慢走。）

（背景裡響起大鼓書《八仙祝壽》。）

陶然：聽我爸說，接生婆給我剪臍帶的時候，他正跟公主墳那邊兒一富商的別苑給人賀壽。後來甩著後腿蹓回來，一看我是個丫頭，他就後悔，拍著大腿說那天不該去什麼公主墳，個破地兒召來個公主魂兒。悄悄跟您說，我覺著他是在誇我。可能還捎帶腳兒誇他自個兒。我們家仨孩子，我上邊還倆姐姐。我爸給我起了個名兒叫陶然，他說是取什麼陶然自得，都是閨女那也得開開心心的。要我說，他估摸著就是過了一趟陶然亭。頭一回聽他講這茬兒的時候，我特別想問他——

（陶然把外穿的臃腫老棉襖脫下來，底下是一件兒薄薄的亮色花布薄襖子。一束光柱打下，童年陶然盤著腿坐在地上，托著腮。這是家裡的庭院。）

（背景裡有樹葉簌簌聲。陶父的影子晃動著蹲下。）

陶然：爸爸爸爸爸！我大姐出生的時候你在哪兒呢呀？

陶父：（醉醺醺）鐵……鐵獅子墳兒……給人一老太太唱白事來著……

陶然：那，我媽生我二姐的時候你在哪兒呢啊？

陶父：八……八王墳兒……

陶然：（試探）唱的啥啊？給人祝壽呢？

陶父：祝壽，祝什麼壽！那一家兒老太爺沒了五年了！逢五擺祭，唱喜歌像話嗎？

陶然：沒准是喜喪哪……那我運氣還挺好啊？

陶父：（暴起）小兔崽子！！！

（陶然跳起來就躥。追光和牛骨板的聲響急促地跟著她。一直躥到左邊臺口，慢慢站住。樹葉聲漸弱消止。陶父的影子也消失了。她抬頭看，被太陽晃了眼，眯著眼睛。）

陶然：我算是聽明白了。合著我們家一窩兒都是立地投胎。我呸。不是，哎呀，我呸呸呸。

但凡當年我們家有個有點兒迷信常識，信個什麼儒佛道法基督耶穌一貫道的，都得知道這不是什麼好兆頭。可惜我們家，實在是信不起。忒窮了。

（臺左後一道光打過來，陶然側對著那個方向，是一個半逆光的剪影。簌簌風聲裡漸漸帶上了一對夫妻的哭聲，過了片刻，又加上三個女孩兒的哭聲。）

（陶然面向觀眾，頗有些不好意思地扭著手。）

陶然：我特別喜歡過節，因為過節能吃飽肚子。但我們家一年就過三節：三十兒，清明，盂蘭盆。其中吧，我最喜歡的，就是清明。我爸那人，平時怎麼著都行，老人面前，賊了要面兒，逢年過節就帶著一家子上祖爺爺墳頭拔草去。燒香上供，一年仨白麵饅頭，我特納悶兒，怎麼拿著白麵饅頭來了，祖爺爺都不吃的？您不吃我吃啊！就這麼著，我吃了九回白麵饅頭，明白了一個道理：老人，那就是隔輩兒親。

（風聲裡，一個男聲和著敲著牛骨頭的聲音唱蓮花落。幕布上，陶父和陶母和兩個姐姐從遠處慢慢走來，影子由小變大。）

陶然：後來我發現，男人的嘴，騙人的鬼，爸爸也不行。我八歲那年，他沒給祖爺爺帶饅頭，為了填空，就把我大姐供上邊了。大姐跪在墳頭上哭著磕頭，爸爸陪著哭，他們的脊樑骨把衣服頂起來兩條抖來抖去的曲線，特別像下雨的時候打我們家門口過的蚯蚓。

（陶然連連拍心口給自己順氣。右側幕布上的人五個人影淡去了大姐。陶然側目看著，比劃出一個小袋子。）

陶然：哎呀當時給我嚇得，我偷偷問我二姐，我們用上去嗎？是不是因為我吃了祖爺爺饅頭，祖爺爺要拿我當饅頭啊？也沒聽說人能吃人的啊？二姐左看右看左看右看看半天，跟我說：她也不知道啊！但我覺得是。因為那天之後，我大姐就再沒回來。我確信她就是讓祖爺爺給吃了，因為饅頭就數她吃得最多。祖爺爺特別講道理，吃了大姐，還退給我們家三升小米——煮米湯可真香。

（陶然彎腰拔地上的草，再直起身給自己扇風。她往四周環顧，幕布上的人影散去。）

陶然：那天給祖爺爺的墳包兒拔禿了之後，我爸爸問我，說想吃肉嗎？我說想！我爸說你想瞎了心！（攤手無奈）那這不是您問的嗎？

（風聲。陶父的影子出現在右側幕布上，指著遠處。）

陶父：看見什刹海海泡子裡那群鴨子了嗎？

陶然：看見了！爸爸，那鴨子鬼著呢！咱們怎麼
　　抓呀？
陶父：上它們家裡蹲去呀，這些鴨子肥吧？肥就對
　　了。烤出來呀，一口咬下去，油順著嘴角都
　　往下淌……（陶然擦了擦口水）就是它們打
　　北邊兒過來過冬之前吃出來的。
陶然：（憧憬）北邊兒得有多少吃的呀！
陶父：那裡地方大，種的糧食也多。
陶然：有多大呀？
陶父：（沉吟）有……一百個北平那麼大。
（陶然朝遠處眺望。白色燈光聚攏成光柱罩住她。）
陶然：一百個北平……那、那得多大呀！
（燈光漸暗。）

第三場

（一八九四年11月21日。旅順。）
（黑場。女孩噠噠跑動的腳步聲，鍋碗瓢盆之類的
東西叮呤咣啷被撞在地上的聲音。）
陶然：（os）媽，今天我生日！我想吃饅頭！白麵
　　饅頭！
陶母：（os）饅頭？我看你長得像個饅頭！
陶然：（os）媽媽～
（警報聲叮叮噹當響起來。炮彈呼嘯破空聲、炸開聲
不絕於耳，幕布上一片刺眼的白光，接著驟然變紅。）
（喊聲、槍聲、哭聲、尖叫聲、咆哮聲。滿場大紅
的燈光亂閃爍，幕布上一道一道紅色晃動著閃過，
漸漸暈聚成滿螢幕的血紅。）
（陶然穿著那件小花襖，跌跌撞撞從左側上。她身
上沾著血跡，頭髮散了半邊，連滾帶爬滾出來。）
（光影閃動，腳步聲漸漸響亮，風聲呼嘯，槍聲和
慘叫聲此起彼伏，愈演愈烈。）
陶然：（高聲）爸——媽——姐姐——
（陶然左沖右突，不住地摔跤、爬起來、摔倒、爬起
來……最後她放棄了，在地上小心翼翼地爬行。每一
次紅色燈光閃到她，她立即抱頭蜷縮起來。背景裡的
慘叫聲、呻吟聲、機槍聲和火炮轟炸聲稍稍弱下去。）

陶然：（聲音漸低）爸爸……媽媽……姐姐……我想回家……不吃鴨子了，咱回北平吧……

（陶然在地上滾著爬著，讓一根掛著鈴鐺的牛骨頭絆了一下，摔在地上。）

陶然：哎呀！

（她翻身爬起來，把那東西從身下刨出來，揚手就扔，扔出去就愣住了，趕緊跟著追，最後撲上去把那牛骨頭抱在懷裡，整個人緊緊蜷縮起來。）

（炮彈炸響聲，燈光陡然大亮，接著陷入黑暗。）

第四場

（舞臺漸亮。後景變成了一個大戶人家的院牆和大門外。遠處鑼鼓聲、嗩吶聲沸反盈天。）

（背景裡有人拖長了聲音念禮單。）

管家：（os）鶴翔洋行陳老闆，送八寶座鐘一座，玉佛一尊——瑞豐綢緞莊林老闆，送蜀錦六匹，孔雀兩對——裕昌糧行周老闆，送八仙過海玉擺件兒一套，琉璃白菜一尊——（陶然敲著父親的牛骨板從左側慢慢走來，身後一道追光。唱禮單的聲音漸弱。陶父唱數來寶的聲音響起。）

（陶然沿著牆根走。她低著頭，靠著牆，和著父親的聲調，一下下敲著牛骨頭唱。）

陶然：（唱）牛骨頭，兩頭扁，鑲個鈴鐺鬧喧喧……

管家：（os）哎哎哎！那小孩兒！你做啥呢？找抽呢！滾！

（砰的關門聲，陶然頓了一下，猶豫片刻，向大門的方向放大聲音接著唱。）

陶然：炮聲響，槍聲鬧，您家婚禮好熱鬧；富人多，窮人少，三教九流來報到；肉滿盤，錢滿箱，金毛狗兒叫汪汪……

（門「咯吱」又開了，沒人出來，一個饅頭滾到陶然腳邊，緊接著又滾出來個銅板。）

管家：（os）小叫花子！滾！甭跟人門前招晦氣！

（陶然撿起饅頭和錢。她抱著牛骨頭，攥著錢愣了一會兒，奮力迅速把饅頭塞進嘴裡嚥下去。）

（她打了個長長的嗝，擦擦嘴。）

陶然：不然怎麼那麼多算命攤子，一腥到底還賺著真金白銀的呢，這人啊，有時候那真得信命。九歲生日那天，我拿到了這輩子第一個生日禮物，我爸的骨頭。哦不是，是我爸的牛骨頭。我就琢磨，這不就是在提醒我，得接著他的路子走嗎？活都活下來了，幹完了這輩子，再找他們去吧！

（燈光漸暗，響起了牛骨頭敲擊聲。陶父唱數來寶的聲音響起，陶然輕聲和應。）

陶然：旅順口，向北兜，哪里都是好地頭；糧滿倉，油滿簍，槍管一過血橫流；姐兒走散，爹娘丟，跟著野鵝我往北走……

（幕布上突然顯出一個戴帽子的魁梧男人影子，這是當地賣梳篦的，管街頭藝人們的「瓢把子」。瓢把子摸出梳篦敲打唱和。陶然警惕地步步後退，捏緊了手裡的銅板。）

瓢把子 旅順口，大炮臺，日本鬼子打進來；小丫頭，你從哪兒來，誰准你在這裡待？銅板響，飯菜來，撂地演出聽安排！五抽一，照規矩，不懂規矩就走開，旅順城裡沒雜牌！

（陶然愣愣站著，看看手裡的銅板，又看看瓢把子。對方不為所動，一直向她伸著手。她向左右張望，困惑萬分，最後憤憤將銅板投擲過去，走開，邊走邊敲打牛骨板。）

陶然：瞧前後，看左右，處處難行處處愁。腹中餓，背上寒，街裡倒臥眼前添……

（左側臺口外傳來人販子的聲音。）

人販子：（os）小丫頭？（柔聲）丫頭，餓壞了吧？你跟那兒嘎哈呢？你來……

（又一個饅頭被滾到陶然腳邊。陶然遲疑著撿起來。人販子又扔上來一個雞腿，接著是點心、紙包的豬頭肉……陶然一樣一樣撿，邊撿邊往前走，跟下。）

（燈暗。）

第二幕

第五場

（一九〇一年11月11日。寒衣節。哈爾濱。小白樓。內。）

（一片黑暗中能聽見一陣陣炮聲，時不時有火光閃過。槍聲、吵嚷聲也雜然其中。然後是歌聲，夾雜著女孩唱大鼓書的聲音。）

（臺上擺著梳粧檯和西式沙發。旁邊杵著一根掛衣服的架子，架子上掛著一件男裝風衣外套。旁邊有個小几，几上放著那一截牛骨頭。臺前還有一扇窗戶。十六歲的陶然背對著觀眾，坐在梳粧檯前，把自己的盤髮打散，慢慢梳起辮子。她現在穿的是一身旗袍，高跟鞋，行動間有刻意的風塵韻味。）

陶然：帶我出旅順的那個小叔叔，說旅順不太平，哈爾濱太平，所以我們轉道北上哈爾濱。他帶我坐了個會吐白汽的妖怪，讓我跟妖怪肚子裡走來走去的巡警說，他是我爸爸。我不幹，他就擰我，好疼！後來，我們倆只能各讓一步，我管他叫舅舅。呸。有旅順舅舅帶個北平小侄女兒的嗎！再後來，他找了個胖阿姨，讓我管這阿姨叫媽，我說不行，他說他不管了，愛叫不叫，他就消失了。最後，我跟那個阿姨又各退一步，我叫她秦媽媽。

（陶然從凳子上起來，轉過身。此時我們能看出她臉上濃妝豔抹。她往前走了兩步，姿態一看就是訓練有素的刻意妖嬈。）

（陶然向觀眾席方向探尋地張望，露出少女見情郎的羞澀神情。）

陶然：三哥哥，你來了？

（她撫弄著自己的辮子，赧然羞澀，又殷切焦急地走過去，拉開左側的房門。）

陶然：最近外邊那些人總在鬧事，你少走動。那些人一個個，根本就是瘋狗，惹急了連自己都咬！

（陶然伸手拉門外的人，但被躲開了。）

陶然：你……你就不進來了？（她的手在空中停滯了一會兒，慢慢落下去）我知道了。

（一束頂光聚焦在她身上。她從衣架上取下男裝外套，抱在懷裡。）

（音樂起，陶然同外套跳交際舞。滿臺斑斕的溫暖追光，這是她想像中的舞池。）

（陶然旋轉到臺前，停住。舞曲漸漸消隱。她抱緊了懷裡的外套，憧憬地走回梳粧檯前坐下，對鏡愛撫自己的臉頰。）

陶然：三哥哥說，明天，他帶我回家。他還說，現在給不了我最好的名分。他要接我出去，帶我回家，這難道不是最好的事情嗎？我可以乾乾淨淨地跟他走，只要是他，只要是他——有什麼不可以呢？

（陶然抱著外套，深吸一口氣。她把臉貼在衣領上，滿足地閉目。）

（爆炸聲，槍聲，吵嚷聲突然炸響。滿臺紅光閃爍。）

路人：（os）義和團殺人啦——義和團殺人啦——

（陶然沖到窗邊往下看。她猛地僵住。）

陶然：（難以置信地低聲）三、三哥——

（她試圖翻出去，撐在窗邊，又慢慢、慢慢地滑下來坐在了地上。）

（槍聲和吵嚷聲依然在響著，漸次零星遙遠。）

（陶然翻身往臺前方向爬行幾步，遠離了窗戶。她顫抖著從地上爬起來。四周一片漆黑，只有一點光罩著她。她披麻戴孝，手裡捧著另一段長長的白布，布中間兒有朵挽起來的白花。她慢慢向前走。）

陶然：光緒二十七年，辛丑年，屬牛。都說庚子年倒楣，我看辛丑年更倒楣。六天前，松花會的日本人進了五道街，義和團那幫瘋子殺了洋教堂的教士；四天前，一個叫李鴻章的大官死了。整個兒的哈爾濱，除了小白樓，好像哪兒哪兒都掛了白幡，披麻戴孝。今兒，我給小白樓也戴上了。

（陶然踮起腳，努力往門框上掛白布條。）

（燈急滅。）

陶然：（os）爸爸，我不想鴨子了，我想回家……

第六場

（一九〇三年11月21日。火車上。）

（火車車燈掃過。）

（汽笛聲。火車轟轟隆隆開動的聲音自左而右地貫穿過去。有人在喊「查票！」，一遍中文，一遍俄文地夾雜著。）

（舞臺中央有一只小小的馬桶，馬桶後橫著幾根橫七豎八的水管子。兩側垂著黑簾，那是廁所隔間的牆壁。）

（陶然裹著粉色的棉襖，抱著包裹，躡手躡腳地鎖上廁所門。她貼在幕布上聽著。可以看出，她肚子有了輕微的隆起。）

陶然：得虧你沒事兒，不然你娘我可是白費勁兒了！

（她輕輕撫摸自己的肚子，低著頭，坐到馬桶蓋子上，不施脂粉的臉上有了微笑。包裹支棱著牛骨板，她像給孩子講故事一樣輕柔地把牛骨板那一側貼在了肚子上。）

陶然：小白樓裡白天要唱曲兒，晚上就老得陪他們那些從頭到腳色兒都淺的毛子。有個洋教堂來的老毛子說，天父在上，不要殺生。我呸。感情這不是他們隨隨便便拿人填糞坑兒裡的時候了。哎呀。其實我也不是煩他，這人不差，就是嘴碎。可他每次沒完沒了、沒了沒完的時候兒，我就忍不住想起來三哥哥。那天晚上，趁著街上人都散了，我悄悄下去，把他留給我那件大衣給他蓋上了。他冷得發僵，眼都閉不上。我給他蓋了好幾次，最後一下，他那一排眼睫毛紮在我手心裡，斷了。

（敲門聲。陶然猛地閉嘴，屏住呼吸，連連擺手示意觀眾不要出聲。）

乘客：（os）誰在裡頭？誰在裡頭？你咋你是尿泡

啊？老子的尿泡都要炸了！出來！

（外面又敲了好幾下，安靜下來。查票的喊聲又從門外過去，陶然鬆了一口氣，溫柔地輕輕拍打自己的肚子。）

陶然：上個月，我發現月事又沒來。我讓秦媽媽替我叫了大夫，一看，得，好，揣上了，這還不知道哪客人的崽。秦媽媽說：打了！我說：不行！秦媽媽說：你不打了他，我就打死你！——那、那我都死了它能有什麼好啊？我可不得跑嗎？

（白色燈光急促地閃爍。隆隆的倉促音樂聲。陶然抱著肚子在舞臺前來回跌跌撞撞地奔逃。）

（她又摸了摸自己的肚子。）

陶然：（憐愛地）哎呀……媽的小可憐喲，你可憐的喲，你只有個媽啦，跟著媽姓，就叫陶歡成不成？……不成，誰能拿你淘換什麼去啊。叫陶樂好不好？……兒啊，你瞅瞅你姥爺這邊兒是個什麼倒楣姓氏，這世道眼瞅著都亂成一鍋老鼠粥了，咱們還能逃哪兒去啊？能平安也挺好……就叫陶安吧，好不好？你也喜歡是不是？安安誒，咱娘倆要是能這麼平平安安去老毛子的地方……

（她靠在那水管邊上閉上了眼睛。）

（砸門聲又響了。陶然噌一下坐起來。）

乘客：（os）裡邊兒有人嗎？！再不出聲，我叫列車員過來了！

陶然：……有人！上廁所呢，您待會兒不成嗎？剛進來！

乘客：（os）你吹吧你！我打剛才就在這門口蹲著了！你幹甚麼呢！跟裡邊兒生孩子來了？

陶然：我……我肚子不舒服，（央求）你再等會兒成嗎大哥？

乘客：（os）不成！（壓低聲音）我說，你不會是沒買票吧？剛才那列車員可還在挨著排的看人呢！你開不開？你不開我馬上讓人過來！

（稍一頓，高聲）列車——

陶然：（慌張）別！您別——

（陶然慢慢從馬桶上爬起來，在開門聲裡撩開半邊黑簾子。）

（一道白色紗簾從正面降下擋在觀眾席和陶然之間。燈光在紗簾後，陶然的影子出現在紗簾上。陶然在幕布後跪地，放大的側影能看出她不斷地發抖。一個黑影出現在她影子的斜上方，比她要龐大、深暗許多。）

乘客：（os）我早看見你了，嘿，一查票就跑廁所，一查票就跑廁所，個小娘們兒……打哪窯子逃出來的？（影子靠近陶然）

陶然：我不——不是！

乘客：（os）嘖……你們這種人，身上都有股尿泡味兒，老子一鼻子就能聞出來！你不是？（逼近陶然，逐漸覆蓋她，搶東西的聲音傳出，牛骨板被扔出來）連個首飾都沒有？你們睡一回要收一百多萬的，怎麼這麼清湯寡水的呢？

（陶然護著肚子，不住磕頭。）

陶然：什麼都沒有了，真的，真的沒有了！我們逃出來不容易，您高抬貴手——

（她被人猛地推得後仰，撞在了衛生間的水管上。她捂著肚子，跌坐在地上往後爬動。她瑟縮著抬頭。）

乘客：（os）高抬？貴手？（狎昵地）哎喲看你這可憐勁兒的……你不還有點兒東西嗎？

（乘客的影子逐漸放大，慢慢徹底蓋住陶然的影子。陶然僵硬地慢慢站起身來，紗簾上映出她一件件脫掉衣服的影子，衣服一件一件被扔出側臺。最後她停下手，僵直地站著。巡視的手電筒燈光從臺下往上一圈一圈晃過去，幕布上陶然的影子忽明忽暗。）

陶然：您……（懇求漸漸變成尖叫）您輕點兒——別——別碰那兒！

（燈急滅。火車聲轟隆隆蓋過了喘息和哭泣。）

第七場

（一九〇三年11月22日。綏芬河。）

（一道白光從幕布後側打過來。陶然踉蹌摔出來。她護著肚子，趴在地上，身上比剛才更狼藉，粉棉襖髒兮兮的。為了護住肚子，她下半身高高地撅著。緊接著，一個包裹從後邊扔下來砸在她身上。）

乘務員：（os）呸！沒錢去什麼海參崴啊！晦氣！

乘客：（os，義憤填膺）就是！我跟您說，這女的太奸詐了！就這還跟我說呢，說啊呀，大哥，俺陪你睡一回，你給我兜著！我憑什麼呀！不嫌自己髒呢！

（火車關門聲。）

（陶然慢慢爬起來。她摸索著收撿起自己散架的包裹，包裹裡只剩下一件舊衣裳，一條牛骨板。）

（火車燈光掃過，環繞臺下。隆隆聲漸漸遠去。）

陶然看著它開走，抱緊了自己的包裹。）

（她站在鐵道邊，垂下頭，嗤笑出聲。她擦擦眼睛，拿出牛骨頭，輕輕地敲打出聲。）

陶然：我給忘了，男人的嘴，騙人的鬼，連我爸爸都靠不住，怎麼能信那麼個鬼玩意兒呢！

（她沿著鐵道線慢慢走下。）

（燈漸暗。哼唱大鼓書的聲音飄了回來，又是《八仙拜壽》。）

第八場

（一九〇四年2月8日。長春。）

（陶然站在一段牆根下，一下一下摸著自己的肚子。她的肚子這時候已經很明顯了。一束暖黃的追光落下，她眯著眼靠著牆壁曬太陽，把玩著手裡的梨花片。）

陶然：規矩。什麼是規矩？吃江湖飯，是得拜碼頭，有來頭的。哪年月幹什麼都不能沒個靠山，你走哪兒不能搶了別人的飯碗不是？甭提，自個兒兜轉了這麼些年，我真膩味這些個靠不住的人情關係。可是，你不往那個網裡鑽，又能咋辦呢？時間嗖嗖的就過去了，來都來了，粘唄！

（陶然摸著自己的肚子，轉頭又往那高牆看了一眼，向臺前走去。吆喝聲、叫好聲、打把勢的鑼鼓聲隨著她的步伐流過。）

（陶然到臺前，站定，摸出梨花片，跟著旁邊唱大鼓的調子開嗓唱大鼓。）

陶然：（唱）楊廣無道混亂江山，狼煙四起民不安。五花棒打死了隋煬帝，一統江山屬李淵。群雄聚會在那瓦崗寨……

（唱詞的聲音漸漸低下去。嘈雜的賣藝場聲音蓋過去她的聲音，接著靜默。）

（陶然收起梨花片，慢慢踱過舞臺。舞臺右側放著一臺洋片機，幕布上投影出洋片機中放出的畫面，是一段皮影戲，演的是《大鬧天宮》。鑼鼓點喧嘩熱鬧。）

（陶然走過去看洋片，捧著肚子鼓掌。皮影戲演完，皮影的孫悟空對著她鞠躬。拉洋片的藝人老楊用戲腔對她說話。）

老楊：（os）夫人，我這處山中雖然破漏，也是颳風不透、下雨不漏。吃不起山珍海味，搭起夥來也不叫你忍饑挨餓。你願意不願意，到我這窮鄉里來也？

（陶然愣住，下意識地低頭看了看自己的肚子。）

第九場

（老楊的破瓦房。陶然捧著肚子，靠在門邊貼福字。她身旁有半扇帶窗的牆，底下有個櫃子，再遠點兒有一張床、一張小桌、兩條椅子。這就是一居室裡的全部內容。）

（天色漸暗，爆竹聲響起，微光閃爍。陶然撐著腰，拖過一條凳子坐在窗邊，向外看去。）

陶然：其實我特別討厭看煙花。那玩意兒，噌一下上去，噌一下就沒。後來，聽過了旅順的炮聲兒，我就更討厭煙花了。那炸的，咋看咋血刺拉忽。（摸自己的肚子）安安啊，你可別學你媽。這些玩意兒又漂亮又短，能看就要多看看。漂亮的東西多好啊。你還小，別瞎學，啊？這大年根兒底下的，一會兒媽給你和你爹包餃子啊……你爹出去一個禮拜了，說今兒一準兒回來呢……

（敲門聲響起。陶然猛地抬頭，喜形於色，忙不迭過去開門。）

陶然：老楊？你回來了？

房東：（os）大年根兒的，交租啊！

陶然：（開門的手頓住，又把門拴好）您行行好，等老楊回來成嗎？

房東：（os）別他媽等他啦，我都找不著這个王八犢子！開門！

陶然：您能不能再容我兩天？我、我——

房東：（os）我容你兩天，誰容我兩天啊？我限你今天晚上就給我滾蛋，否則我連人再東西都給你轟出去！

（炮聲突然炸響。燈光錯閃，紅白交接。）

（陶然猛地跳了起來。她跟她媽當年一樣，開始搜羅東西。最後，她自櫃子裡翻出來了那塊牛骨頭和拉洋片的小盒子。）

陶然：老楊！老楊！——

（她驚慌失措向周圍看。接著轟隆一聲巨響，燈急滅。）

陶然：老楊——老楊——老楊你個王八蛋！！！！

第十場

（一九〇四年7月4日。哈爾濱。鐵軌上。）

（燈光從右側打來。舞臺後景是一排綿延鐵路，遠處隱隱有城市。雨聲紛雜不停，夾雜著火車汽笛聲。）

（陶然穿著泥濘髒汙的衣服，沿著鐵路，扶著肚子，拖著腿沿著鐵路往前走。）

（她突然跪倒在地，呻吟出聲。陰暗的光線來回變化，開始發紅。陶然在地上掙扎和翻滾起來。）

陶然：安安……你安生點兒……

（她支撐著自己爬起來又往前走了兩步，再次跪倒，仰面躺在鐵軌之外，捂住了臉。大雨聲和雷聲和她的嗚咽夾雜在一起。）

陶然：安安……

（陶然反復掙扎。尖叫哭泣都沒用，最後她只能把包裹墊在自己身下，疲憊地瘋狂呼吸。血色的光在舞臺後側貫穿閃動，火車燈光不時劃過，明暗交替。火車汽笛聲裡，傳出一聲嬰兒的啼哭。）

（陶然費力拆開自己的包，摸出來一個拉洋片機器上的碎片，低頭去處理孩子的臍帶。最後她把包裡東西都拋開，用包裹把孩子包起來，抱在懷裡。血刺啦胡的她和血刺啦胡的孩子抱在一起。）

陶然：安安……你怎麼這麼調皮，非得選這麼個時候啊……

（火車車燈晃過去。陶然抹了把臉上的雨水，抱著孩子向遠處的城市走去，走了沒幾步，她踉蹌著跪下來，緩了一會兒，把孩子抱在胸口，撐著牛骨板，費力向前爬去。）

（雨聲漸弱，一聲雞鳴，天亮了。）

第十一場

（陶然抱著陶安來回奔跑，不時拿自己的額頭去試陶安的溫度。她把襁褓遞給一個又一個大夫，但沒有任何人接，她沒頭蒼蠅一樣來回奔走。）

陶然：大夫，求求您！求求您！您救救這孩子吧！

陶然：大夫，求您了，求您救救我這個孩子吧！是我不好，管不住自個兒，給他生在雨天裡了，可我也沒辦法啊！

陶然：大夫，求您救救我兒子！您要什麼都可以！我沒錢，我可以掙！求求您——

（她猝然跪倒，孩子在她胸前幾乎沒有哭聲。她也低著頭，緊緊抱著孩子。）

（四面八方響著醫生的聲音。都是同一句話，交疊回蕩，越疊越快。）

醫生們　你兒子是童子癆，治不好的！

陶然：不行！不能！不——

（背景裡響起嘩嘩的雨聲和越來越急促的心跳聲。）

（心跳聲停了。雨聲也隨之猛停。）

陶然：……安安，安安……安安！！

（陶然抱著陶安的屍體痛哭。她哭了一陣，跌跌撞撞抱著屍體向左側走下。光漸暗。）

報童：（os）號外！號外！英軍進入拉薩！

第三幕

第十二場

（一九〇四年8月25日。中元節。哈爾濱。）

（蟲鳴聲。陶然坐在地上。四周一片漆黑，只有她面前有一盆跳動的火光。她慢慢把一張張紙錢放進去燒。紙灰飛起來。火光有點兒灼得慌，她燒著燒著就得抬手去擦眼睛。聲音也跟著嘶啞。）

陶然：哎呀……你們這些男人，真沒一個好東西！

一個說帶我走，說完自己就走了……一個說要跟我搭夥過日子……就給我拉了個洋片兒！說好的一塊兒守歲呢？你們啊……

還有你！陶安！你才多大啊你就學會騙你媽了？！說了要平平安安咱娘倆好好過日子……你就給我這樣平安啊？你咋一勞永逸啊你！小沒良心的白眼兒狼！我算是看出來了，我爸一點兒沒說錯，我就是個公主的命，就該回去公主墳！我要回去！你們誰都別攔著我！不是一勞永逸嗎，你們不是一勞永逸嗎？我也能啊！我這一次就把給你們的紙錢燒得夠夠的，老楊，你跟安安熟，你替他收著點兒，別讓他亂花錢……他懂個啥啊他懂……你們三個不懂事兒的王八犢子啊……我這就回北平去，我回家去，不吃那什麼鴨子了，它飛不了！我爸也是個沒溜兒的，他就知道騙我……我媽我姐還不知道在哪兒呢……

（火光漸暗。）

第十三場

（一九〇四年9月8日。）

（火車汽笛聲。火車車燈從場上晃過。右側的幕布上有個戴著瓜皮帽留著銅錢頭的剪影。）

報童：（os）號外！號外！《拉薩條約》簽署！英國割據拉薩！

（陶然坐在火車椅上。她將半邊身體探出窗外。）

（後景漸暗。一束側光留在火車窗口。陶然從另一邊步上，京劇聲起西皮流水調。）

陶然：混糟糟亂兵馬搶破頭

插草標在髮頂我把錢謀

一聽他東西兩爭鬥

二道為賣首將命籌

洋寇與我隔年仇

比不得入喉粥一口

算一算我分來錢多瘦

想一想他賣我利多收

實不願命由天薄再任人拿捏久

捨不得錢兩由他分九

傍身淺，教人愁

窮家命是浮萍流

非把命錢握在手

只待有運得自由

眼瞧得巡車警步步朝我走

托一聲方便把他奏

（京劇音樂驟停。燈光一暗一明，陶然回到火車椅上。她突然跳起來。）

陶然：（尖叫）長官！軍爺！救命！他——他要賣我！

（燈光驟滅。）

第十四場

（一九一一年1月30日。春節。）

（左邊舞臺高處投下一道黃光。這房間裡只有張破床，連個櫃子都欠奉。櫃子頂上放著三個牌位。這是陶然現在的居所。）

（陶然坐在床上數銅板。旁邊放著她的牛骨板。銅板不少，攢了小半床，旁邊還放著煙槍和福壽膏，點上的。她抽著鼻子，時不時吸兩口煙，反覆數了好幾遍銅錢，最後洩憤似的把手裡的東西往床上一摔，捂住臉。她沉默片刻，把那仨牌位攏到自己旁邊，挨個點著發問。）

陶然：安安，老楊，三哥，是我這幾年做錯了啥啊？

我不就是想活著嗎？我錯哪兒啦？我——那你們說！我能咋整啊？我這命咋就這麼苦呢！我就說我該回北平，該回北平，我咋就回不去呢！瀋陽這個鬼地方，這會兒那到處都是老鼠尾巴。你們知道不，這地方，哎呀我的天哪，我可咋說啊——那混賬王八蛋已經得病死了，聽說那叫鼠疫！啥老鼠能這麼要人命啊！我不打貓不擾狗的，你們說，我咋就，咋就這樣了哪？我尋思啊，這事兒要真是報應，那是我賣小丫頭小崽子的報應是不是？哎呀，我是有錢了，可錢這時候有啥用啊……有啥用啊！我現在就死去，死去還不行嗎！

（陶然哭了一頓，擦乾淨自己的臉，往房梁上繫了一條繩子。她搆著那繩子，還低頭看牌位。）

陶然：安安你不許看，媽一會兒找你們去啊……

陶安：（os）媽媽——別死，咱回家去——回北平去——

（陶然手一頓。她側耳傾聽。老鼠叫聲響起，陶然立即停手，低頭看了一眼，彎腰抄起牌位砸了過去。）

陶然：狗日的耗子！！！死去！！！

（陶然追著耗子下，暗場。）

陶安：（os）媽媽，咱們回北平去吧。我想家了。老北平，多好呀。爆肚涮肉驢打滾兒，燒麥餛飩芥末墩兒……（起光，追打聲配貫口）艾窩窩，芸豆卷，糖葫蘆兒，酸梅湯、杏仁茶、雪花酪、麵茶、扒糕、湯圓、麻團、薑汁兒排叉、元宵、冰碗兒、什錦冰盤、五福壽桃兒、白魁燒羊頭、紅白玻璃粉，帽兒胡同、鴉兒胡同、百花深處、杏花天、西四、東四、西單、東單、菜市口胡同、鮮魚口、缸瓦市、府學胡同、南月牙兒、祿米倉、西什庫、雲居胡同、安福胡同、喜鵲胡同、百順胡同、取燈兒胡同、花枝胡同、大柵欄、車軲轆錢兒、柳絮楊花兒、石榴掛果兒、大赤包、虎拉車、二起樓子、鳳仙花兒、榆樹錢串兒、轉日蓮、黑星星兒、梔子鏈、茉莉串兒、晚香玉、串枝蓮、矮糠尖兒、江西臘、馬齒莧、和尚頭、婆婆丁、肥頭子兒、海棠花兒、掛金燈兒、山玉米、玉簪棒兒、蒜瓣兒草、小羊鬍子、大羊鬍子、滿天星、金腰帶、松柏椿槐、核桃樹、銀杏樹、合歡玉蘭杏、紫藤梧桐棗……

第十五場

（一九一一年4月21日。穀雨。）

（陶然坐在床上數錢，手邊放著煙槍和福壽膏。窗外有嘈雜的人聲。左上燈光打下來。窗外雨聲淅淅瀝瀝。）

陶然：穀雨。四月第一場春雨下來，持續了四個月的鼠疫終於過去了。我本來還在盤算，要是這場麻煩還過不去，我就要把地窖裡的土豆白菜吃空了。其實想想，鼠疫也不算什麼大事兒，餓死才是。前幾天，我出去了一趟，

蘭雀班的常媽媽拉著我問了半晌，什麼時候能再給她找幾個姑娘？她說她那兒樓子裡的，可是病死了不少。我琢磨著，這場病上天不收我，這就且還不是我收手的時候呢不是？唱大鼓……唱大鼓又能得來幾個錢呢？安安要我帶他回家去……回北平，我得唱多少年才能攢得起路錢呢！

（她甩開錢匣子，從枕頭下摸出那根牛骨板來，貼在自己臉上，鈴鐺響著，她貼了三兩下又甩手扔開了。）

（燈光漸暗。）

第十六場

（一九三一年9月18日。瀋陽。）

（炮聲隆隆。機槍聲持續。）

（轟炸聲，日語衝鋒聲，尖叫聲、慘叫聲擠在一

起，從四面八方震響。）

（紅色燈光在爆炸聲裡閃爍。青煙彌漫。）

（陶然躲在床上，整個人就在被子裡哆嗦。她甚至不敢掀開被子往外看，整卷被子肉眼可見地顫抖著。）

（砸門聲響起。越來越急促。）

（陶然從被子裡鑽出來，手裡還拿著冒著煙的鴉片槍。她跪在床上向門外喊。）

陶然：（尖叫）別——別砸——了！你們想要什麼——我可以——（門被砸開了。陶然倒在床上，高聲尖叫。日語的狂笑聲和叱罵聲緊隨而起。）

（燈急滅。緊接著四面紅色燈光起伏，燃燒聲、慘叫聲、叫罵聲和呻吟聲此起彼伏。紅色燈光瘋狂迴旋閃爍。）

（紅光下陶然跪在床上。她在光影裡輕輕撫摸著自己。）

陶然：（柔聲）哎呀~您別急呀~！您賞我點兒什麼嗎？

（陶然倒在床上。迴旋燈光裡，她從暗處慢慢走到舞臺中央。）

（無數紅色燈光中，舞臺中央，一束白色燈光打下光柱，將陶然籠罩其中。她穿著一件更奢侈的皮草，儀態妖嬈得十分自然露骨。她面向觀眾，傾訴。）

陶然：（急切）那幫日本兵說，他們要找女人！我就把常媽媽的地方告訴他們了。他們說，要找瓢把兒和翅子，我就把地頭蛇和政府的東西，我知道的、內宅外宅那些事兒都告訴他們了。知無不言，言無不盡……輪不著你們來罵我！我不該嗎？他們也不是什麼好東西！我那天出門的時候，看到常媽媽沒了……她讓人給掛在她那小樓外邊了，沒穿衣服，看著像頭皮肉鬆弛的死豬。她眼睛沒閉上，一直盯著我……我知道，她要不是逃不出來，早來要我的命了！可那又怎麼樣呢——活下來，活下來才是最重要的事！安安還等我帶他回家呢！安安！他們要什麼？給他們就是了，有命在，我還怕什麼呢？……安安，你別看著我，知道嗎？別看著我！（歇斯底里）你別瞧著我！！

（陶然捂住臉跌坐在地上。她扯下身上的皮草，拼命扔了出去。）

（暗場。）

第十七場

（一九四五年，8月15日。瀋陽。）

（日軍投降信播音。）

（陶然背著細軟，穿著她的舊衣服，從舞臺左側上臺。舞臺前放著一塊隔板，她站在木板後，拿著兩個玩偶扮作百姓，在小隔板上用手偶戲或木偶戲一人配演多個角色。）

（暗場，只有一束紅色的地面追光，自下而上打在小隔板的舞臺和陶然臉上。）

百姓甲：那邊——就是她，那個女的——她肯定不是什麼好人！

百姓乙：打死她！

陶然：（向臺下）我不想死！我——我該怎麼辦？

百姓：在那兒呢！別讓她跑了！

（兩個百姓的人偶下臺，一個日本軍官的人偶出現。）

軍官：你！送我走！我是戰俘，你們不可以、不可以殺戰俘！

（陶然一只手掐軍官人偶的脖子。人偶拼命掙扎，落到臺後。）

（陶然從臺子後面連滾帶爬地出來，爬到燈前。此時能看到她衣服上有血。她高高舉起那個日本軍官的人偶，如同獻祭。混亂的紅黃燈光交互閃爍，嘈雜的人聲由遠而近，由近而遠。）

陶然：（撕心裂肺）我——這個人是我殺的！我殺的——我——

（陶然癱坐在地。）

（舞臺暗了下來，只有陶然癱坐的地方還有一束追光。她垂著頭，把那個人偶扔在地上，抬起頭，露出一個扭曲的笑容。）

陶然：該死的都死了。我——我還活著。

（暗場。）

第十八場

（一九四八年5月20日。長春。）

（長春的城牆上滿是炮火痕跡。陶然站在城牆下，仰頭張望。她手裡還盤玩著牛骨板。）

陶然：（嗓音嘶啞）後來，我跟那幫子賣孩子的東西手裡又騙過來一筆錢，在那兒就真的活不下去了。沒人再跟我做買賣。人老了，原來的生意更做不下去。好多年沒開口，書也唱不出來了。沒辦法，我從前很想回北平，每天都想回去。可真到了可以走的時候……我下意識跑得更遠了。我怕，我真的怕。四九城要是認不得我了怎麼辦？要是我認不得他了呢？後來我想，沒準兒，我祖爺爺的墳上，都長出個新的大興安嶺來了呢……可我下意識就去了長春。長春啊……我後悔了……我後悔了！我想回家！……讓我回去吧，成嗎？

（陶然緩緩走過舞臺。燈光追著她。警哨聲、警笛聲和摔打聲、關門聲依次響起。）

士兵：（os）封城！封城！讓那幫老麼哢哧眼兒的東西出去頂著！我就要看看，紅腦殼不是說他們和百姓站在一起嗎？他們收不收？！救不救？！管他們死！

（燈光漸暗。）

第十九場

（和開場時穿著一樣服飾的陶然出現在舞臺側面，衣衫已然襤褸。她步履蹣跚，走到舞臺中央。）

（她抱著陶安用過的繈褓，和「陶安」對話。）

陶安：（OS）媽媽，我們回北平去，好不好？北平——

陶然：（衰弱）北平，咱們還能回得去嗎？北平……回去幹什麼呀？北平早沒啦……

陶安：不會沒有的。媽媽，我瞧見啦。

陶然：你瞧見什麼啦？

陶安：好漂亮的北平哪——媽媽，我看見那些在地下來回穿梭的火車，看見架到天上去的橋啦！它們好高啊，上邊跑著好多小車……媽媽，那些小車兒長得可真漂亮！五顏六色的，哎呀，跟糖豆兒一樣哪！

陶然：（疲乏而甜蜜）安安最愛吃糖呀。

陶安：安安最愛媽媽呀。媽媽你看！那裡好多人呀！啊呀，他們都走得好快哪！那些路燈好高，比咱們的油燈亮堂多啦！到了晚上，天上、地上到處都是亮堂堂的，多漂亮呀！咱們回去，回家去，好不好？

陶然：好，咱們去——咱們回去……

（陶然掙扎著向臺下挪動。）

（暗場。警哨聲起。）

尾聲

（風雪瀟瀟。大雪不斷飄落下來。）

（陶然趺趺撞撞走在雪地裡。她手裡還抱著個包裹，身後是長長的、蓋著雪的鐵軌。）

（陶然向前伸出手去。）

陶然：到……北平了……

（她慢慢地趴在地上，翻身躺下來，漸漸地不動了。）

劇終

本行 2 劇作集成

國立臺北藝術大學
Taipei National University of the Arts

作者　宋厚寬、林乃文、王思蘋、陳樂菱、吳明倫、陳建成、汪俊彥、鄒景峰、劉勇辰、李子瑄
總編輯　徐亞湘
編輯　王嘉明、黃郁晴、陳建成、童偉格
編輯助理　陳樂菱
美術設計　周昀叡
策畫與執行單位　國立臺北藝術大學戲劇學系

出版單位　國立臺北藝術大學
發行人　陳愷璜
地址　臺北市北投區學園路一號
電話　(02)2896-1000
網址　https://w3.tnua.edu.tw
補助單位　教育部高等教育深耕計畫

定價新台幣250元
ISBN 978-626-96186-6-8
GPN 1011101404
第一版第一刷 2022年九月

國家圖書館出版品預行編目（CIP）資料

本行. 2 / 宋厚寬, 林乃文, 王思蘋, 陳樂菱, 吳明倫, 陳建成, 汪俊彥, 鄒景峰, 劉勇辰, 李子瑄作. -- 第一版. -- 臺北市 : 國立臺北藝術大學, 2022.09

面17x23公分.--（劇作集成）
ISBN978-626-96186-6-8（平裝）

1.CST: 舞臺劇 2.CST: 戲劇劇本 3.CST: 劇評
854.6　　111015011